高维生 著

汪曾祺和他的植物

中国书籍出版社
China Book Press

图书在版编目（CIP）数据

汪曾祺和他的植物/高维生著.--北京：中国书籍出版社，2020.12
　　ISBN 978-7-5068-8328-3

　　Ⅰ.①汪… Ⅱ.①高… Ⅲ.①中国文学—文学评论 Ⅳ.①I206

中国版本图书馆 CIP 数据核字 (2021) 第 010205 号

汪曾祺和他的植物

高维生　著

图书策划	成晓春　崔付建
责任编辑	成晓春
责任印制	孙马飞　马　芝
出版发行	中国书籍出版社
地　　址	北京市丰台区三路居路 97 号（邮编：100073）
电　　话	（010）52257143（总编室）（010）52257140（发行部）
电子邮箱	eo@chinabp.com.cn
经　　销	全国新华书店
印　　刷	三河市华东印刷有限公司
开　　本	650 毫米 × 940 毫米　1/16
字　　数	225 千字
印　　张	15.5
版　　次	2021 年 3 月第 1 版　2021 年 3 月第 1 次印刷
书　　号	ISBN 978-7-5068-8328-3
定　　价	56.00 元

版权所有　翻印必究

目 录
CONTENTS

他总是这样与现实斗争　　　　　　　　　　// 001

第一辑　树木

童年小花园　　　　　　　　　　// 002
唯见蜡梅在唤春　　　　　　　　// 016
洋槐花盛开　　　　　　　　　　// 026
枸杞香动人　　　　　　　　　　// 033
珍果葡萄　　　　　　　　　　　// 039
俺们的秋天　　　　　　　　　　// 053
云南山茶花　　　　　　　　　　// 062
干果王栗子　　　　　　　　　　// 068
后园的香橼　　　　　　　　　　// 074

第二辑　花草

唯有绿荷红菡萏　　　　　　　　　／／ 080

泰山绣球花　　　　　　　　　　　／／ 085

门前种株紫薇花　　　　　　　　　／／ 093

不惧秋霜　　　　　　　　　　　　／／ 102

菏泽牡丹携不去　　　　　　　　　／／ 111

晚饭花　　　　　　　　　　　　　／／ 119

自是花中第一流　　　　　　　　　／／ 124

花中神仙　　　　　　　　　　　　／／ 134

回味爬山调　　　　　　　　　　　／／ 141

第三辑　食菜

百菜为首	//	150
俗呼野菜花	//	157
沽源画马铃薯	//	163
菜中灵芝	//	176
杨花萝卜惹人馋	//	186
韭花逗味	//	197
苦瓜是瓜吗？	//	205
满架秋风扁豆花	//	212
风味豌豆头	//	219
红嘴绿鹦哥	//	224
豆中之王	//	229

他总是这样与现实斗争

一九八〇年十二月,汪曾祺回忆起四十三年前的梦,写出了经典名篇《受戒》。那时我只有十九岁,迷恋小说创作,大量阅读苏联的文学作品。长白山山区十一月进入冬季,一场初雪,大地铺上银装,万物萧条,后园两株杨树叶子落光,鸟儿栖在树干上,发出鸣叫。家中订阅的《北京文学》第十期,刊有汪曾祺的《受戒》,里面描写的小和尚明海与农家女小英子朦胧的爱情,让我想不到小说还有这种写法。

盘腿坐在炕上,捧着杂志看,从那时开始,我迷恋上汪曾祺的清淡文字,三十多年从未改变。自己也一直想写一写汪曾祺,把多年的情感表达出来。

二〇一八年二月六日,我从滨州来到了北碚,住在西南大学杏园博士后公寓,陪儿子写论文。我伴着汪曾祺的植物度过春夏,深秋季节,写完关于汪曾祺和他的植物的最后一个字。

公寓阳台没有封上,开放式,适合远眺。每天清晨起来,站在阳台上，看七楼下空地上，杂草丛生，竹树参差，交罗密阴，秋雨中蟋蟀鸣唱。我给它起一个美丽的名字——百草园。用手机软件辨识每一种陌生的草木。我认识一些花木，有乌蔹梅、沿阶草、绞股蓝、淡竹叶、孝顺竹、栾树、野葛、海桐、紫薇、毛桐等一些北方见不到的植物。从滨州带来了一部分书，其中有一套汪曾祺的散文集。在对这些植物着迷时，新的概念形成，促使我放下手中的写作，还有今年要去长白山山区体验生活的计划，在嘉陵江边北碚动手写汪曾祺和他的植物。

汪曾祺的文字，给人安静的感觉。他写平常的植物，传达为人处世的态度，展现出其淡泊之心、忍辱之心、仁爱之心，用植物的精神来净化心灵，滤除秽杂气，使思想变得纯净。

汪曾祺对植物的记忆，来自于童年气味，它们在大脑中形成有气味的图像，贮存在大脑中，有一天碰到相同的植物，就会从大脑中跑出来那种气味图像。但比较之下，会感到现在的不如过去的，因为过去的记忆中有温暖与爱。

汪曾祺善于发现植物的美，他写了很多植物——花草、树木、食材。这和童年的小花园一样是他生命中重要的部分。小花园是载体，其特定的思想和情感投映在植物上，通过它们，汪曾祺传达着自己的情感和文化模式。

汪曾祺对故乡和童年的回忆，表现出矛盾的心理。其中有苦涩与忧伤，还有欢乐。

植物是生活中常见的，路边的花坛，街道两边的树木，阳台上的盆栽花，公园里剪修过的花草树木，山野中满眼的林木，菜市场摊位上摆着的各种蔬菜。植物在汪曾祺的作品中占有重要的地位，是他作品强大的支撑。

食物前面加上"美"字，意义就不一样了，食物给人带来美和快乐。汪曾祺在作品中寻找他对食物和家乡民俗的回忆。一个人的时候，面对马铃薯，一笔一画地临摹，带给他许多快乐，也仿佛填饱了他饥饿的肚子。

汪曾祺受庄子的自然观影响，作品中也有沈从文人格化的自然精神渗透，以及晚明小品中人与自然的关系体悟。植物是生命的形态之一，他以自己的心灵去感知它们。王国维指出："词人之忠实，不独对人事宜然。即对一草一木，亦须有忠实之意，否则所谓游词也。"[①] 不只是对人，对一草一木，必须有真情实意，要不然，写出来的作品虚谈高义，徒取形似。

> 你叫我怎么写？我写作，强调真实，大都有过亲身感受，我不能靠材料写作。我只能写我所熟悉的平平常常的人和事，或者如姜白石所说"世间小儿女"。我只能用平平常常的思想感情去了解他们，用平平常常的方法表现他们。这结果就是淡。但是"你不能改变我"，我就是这样，谁也不能下命令叫我淡。但是"你不能改变我"，我就是这样，谁也不能下命令叫我照另外一种样子去写。

汪曾祺"你叫我怎么写？"这个大问号，深藏创作规律。作家离开生活，躲在书室中凭资料写作，怎能成为经典？他所追求

---

① 王国维著：《人间词话》，第258页，沈阳：万卷出版公司，2018年版。

的"淡",不是临摹得来的,一字一语,千锤百炼,方见真情。袁枚所说:"诗宜朴不宜巧,然必须大巧之朴;诗宜淡不宜浓,然必须浓后之淡。"① 这也是他创作的追求。

汪曾祺的文字和宣纸上的植物,是两种不同的表达。清淡的文字,透着人间烟火味,而绘画更具浪漫的自由。方尺宣纸上,饱吸墨汁的笔,与之触碰的瞬间,情感随之飞翔起来。

大自然中生长的植物,一枝一叶,一花一草,都带着天然的气质、纯粹的精神,散发着生命的野性。人面对着植物,一扫胸中俗气,以其修养性情。感植物之性情,心变得安静下来,便不会写出浮躁的文字。

大卫·梭罗说道:"靠近自然的时候,人类的行为看上去最符合本性。他们如此温柔就顺应了自然。"② 走进大自然,在植物面前不是休闲式的、浮光掠影的游览,而是潜心观察体悟,采撷植物的原初野性,以之指导自己的生活及艺术创作。

汪曾祺文字淡雅质朴,文采丰荣,一字一句,透出素朴诗意,俱见真情。他笔下构筑的植物殿堂,不会因为时间消逝而消失。无论何人走进去,即有花气迎人,树木散清香,洗净满身的尘俗之气。

二〇一八年十月五日于西南大学杏园

---

① 〔清〕袁枚著:《随园诗话》,第108页,长春:吉林文史出版社,2004年版。

② 〔美〕大卫·梭罗著:《马萨诸塞州自然史》,引自《散步》,北京:光明日报出版社,2012年版。

第一辑　树木

童年小花园

一

汪曾祺称老家园子为"小花园",它在汪曾祺心中占据重要的位置。他常年漂泊在外,不论在何处,在什么境况下,老家的美好形象,始终是别的东西无法替代的。

汪曾祺记忆的颜色深沉之处,是他祖父年轻时建造的几进大院,灰青与褐色的调子体现古雅、庄重,显现身份。晚上掌灯时分,那些有年头的大柱子,显露出的沉重逼人眼目,仿佛一直向上,耸伸到无边界的高处。庭柱粗大,外面涂着瓦灰的漆,裹着夏布,涂抹了黑漆。有的地方漆灰剥落。老堂屋铺地的箩底砖,由于家人每天走来走去,砖的边角已经磨圆了。

南方多雨,一到下雨天,雨从蝴蝶瓦上滚动而下,沿着屋檐滴落,撞击地面时,发出清脆的声音,韵律鲜明。老宅院的各种

颜色活泛起来，屋顶、墙壁出现图案，"甚至鸽子：铁青子，瓦灰，点子，霞白。宝石眼的好处这时才显出来"。（汪曾祺《花园》）

汪曾祺的记忆中充满菖蒲味道。

古人崇拜菖蒲，将之当作神草。《本草·菖蒲》："典术云：尧时天降精于庭为韭，感百阴之气为菖蒲，故曰：尧韭。方士隐为水剑，因叶形也。"每年农历四月十四菖蒲的生日，农历五月称作蒲月。

清朝嘉庆年间，苏灵在《盆景偶录》书中，将盆景植物分成四大家七贤、十八学士，菖蒲与兰花、菊花、水仙归在一起，称为"花草四雅"。菖蒲能在世俗中排除干扰，修养身心，保持节操，守得一份宁静，被赞为天下第一雅。菖蒲吃苦耐寒，安于恬淡，寒冬尽时，百草中菖蒲最先苏醒，自古以降，博得人们的喜爱。它可以用来祛毒避瘟，还被视为长寿吉祥物。每逢端午时节，江南每家每户的门窗上悬菖蒲、艾叶，饮菖蒲酒，古老仪式祛避邪疫。清代文学家黄图珌谓之："菖蒲固为佳品，置之案头，久视可以清心明目，书室中所不可少也。"[1]古人夜晚读书时，油灯下置菖蒲，吸收空气中微尘，免受烟熏之苦。读累时，拿起叶子闻闻，提神清脑。书斋中祭奉至圣先师孔子，菖蒲是不可或缺的圣物，有它可多一分情致。

菖蒲为多年生草本植物，叶修长扁平，形似宝剑，根茎气味浓郁。每年四五月，开黄绿色的花，具有观赏价值，也是历代医家的药物。中医四大经典著作《本草经》载："菖蒲主治风寒湿

---

[1] 〔清〕黄图珌著：《看山闲笔》，第194页，上海：上海古籍出版社，2017年版。

痹，咳逆上气，开心孔，补五脏，通九窍，明耳目，久服轻身，不忘不迷惑，延年。"对于神草，许多诗人作诗描绘歌咏。宋代诗人陆游的妻子唐琬与婆婆性格不合，两人经常争执吵嘴。她身体不好，患小便次数多的症状，找过不少中医，经多方治疗无效果。有一天，陈叟老人路过陆游家，听见唐琬与婆婆吵架，提到儿媳妇的病，久治不见效，快要耗尽家业了，弄得唐琬无话反驳，悲伤至极。陈叟老人听明原因，送陆游处方——不是名贵药，即石菖蒲、黄连各等分，研末冲服。唐琬按方服用不久痊愈。

陈叟老人的药方灵验，治好了陆游妻子的病，为其调解了家庭纠纷，陆游感激不尽，赠诗一首《菖蒲》，以示谢意：

雁山菖蒲昆山石，陈叟持来慰幽寂。
寸根蹙密九节瘦，一拳突兀千金直。
清泉碧缶相发挥，高僧野人动颜色。
盆山苍然日在眼，此物一来俱扫迹。
根蟠叶茂看愈好，向来恨不相从早。
所嗟我亦饱风霜，养气无功日衰槁。

灰青与褐色大院里，端午——入夏后的第一个节日，在窗子和门框上挂起菖蒲、艾叶，院子里弥漫青草香味，每次经过时，鼻孔里会灌满这种气味。这就是汪曾祺回忆中的菖蒲味道。

二

汪曾祺对生活的爱发自内心,不是口头上的表现,这和他童年小花园里的植物关系很大。

天空中的光线,每时每刻都发生变化,投映在植物上也各不相同。植物的天然美,不掺杂任何虚假,散发着纯净的精神之光。人的情感经过植物蒸馏,产生了晶体,为写作者提供了动力与来源。

巴根草,
绿茵茵,
唱个唱,
把狗听。

质朴的童谣,每个小孩子都唱过。明代文学家杨慎《丹铅总录》中曰:"童子歌曰童谣,以其出自胸臆,不由人教也。"儿歌浅白简练,让人容易了解其中的意思和情趣,欣赏表达意境。汪曾祺躺在草地上,拿一根巴根草,手指缠根用力拉扯着,听其音声。嘴里叼着巴根草,那根的甜味烙印在他的记忆中。童年时代的他渴望对世界了解得更多。与自然的和谐相处,为他带来了快乐的时光,教会他认知人生的方式。

巴根草,北方人叫牛筋草,俗呼铁线草、蟋蟀草,山东方言称"撑倒驴"。巴根草生性顽强,抗涝抗旱,耐热耐寒。其根扎于泥土中,不惧天气变化无常,奋力生长。它贴地生长不易铲除,所以被称为巴根草。还有人叫它"官司草",这和孩子做的游戏有关。好多地方的孩子们,玩打官司的游戏,用两根草套串,两人各自拉一头,不断拉动,谁的折断谁就输了。

童年的汪曾祺躺在草地上,任草清香包裹自己,头稍微一动,压倒的草就缓慢地竖立起来。远处鸟儿鸣叫,音符在寂静中滑过。童年人们总能找到快乐的游戏,汪曾祺望着巴根草立起来,把自己的头再枕上去,草被压下一片。如此反复,其中乐趣别人无法感同身受。

汪曾祺坐在巴根草丛中,鼻子里充满草的气息,他看着天上堆积的云絮,思绪飘向远方。

三

当春风变成一把剪刀,裁出千万条绿丝,万物萌发,冬天远去了。大垂柳树是他常去的地方,在那他找到过很多好玩的东西。天牛是他的玩物。汪曾祺注视着小生灵的举动,它不大的身体,似乎有用不尽的力气,不停地做着一件事情。它六只脚铆足劲,机械般地运动,偶尔会停下来。孩子们天真,完全凭自己臆想,认为天牛触须的每一节,就是它的年轮。天牛不会对人造成伤害,它在树枝上爬来转去,抓它时需要耐心等待,抓住时机,这也经常把汪曾祺弄得脖子生疼。但他每一次都不会失手,捉它十拿九稳。

天牛是害虫,也有温驯之处,一旦被捉住,它会发出吱吱扭扭的叫声,表达强烈地不满。孩子们对天牛的玩法很多:天牛赛跑、天牛拉车、天牛钓鱼。

有一次汪曾祺上老师沈从文家,他们谈到了天牛,气氛热烈起来:

我最近到沈先生家去,说起他的《月下小景》,我说:"你对于颜色、声音很敏感,对于气味……"

我说:"'菌子已经没有了,但是菌子的气味留在空气里',这写得很美,但是我还没有见到一个作家写到甲虫的气味!……"

我的师母张兆和,我习惯上叫她三姐,因为我发现了这一点而很兴奋,说:

"哎!甲虫的气味!"

沈先生笑眯眯地说:"甲虫的分泌物。"我说:"我小时玩过天牛。我知道天牛的气味,很香,很甜!……"

沈先生还是笑眯眯地说:"天牛是香的,金龟子也有气味。"

师母说:"他的鼻子很灵!什么东西一闻……"

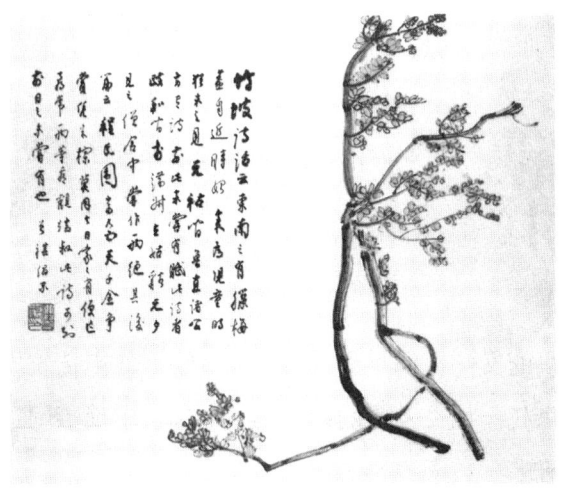

叙述得不仅有情趣，还从中表现师生情谊，交谈中，沈从文向学生传授写作秘诀，这是教科书上无法读到的。

蟋蟀是古老的昆虫，它至少已有一点四亿年的历史。从唐朝天宝年间开始出现斗蟋蟀活动，并兴于宋，盛于明清。

汪曾祺以童年眼光，观望这个世界。大人和孩子兴趣不同，他们在于"斗"蟋蟀，这一个字，蕴含丰富的意义。孩子们单纯多了，"捉"蟋蟀的兴趣更大。斗和捉两个字的分量不一样，蕴含的情感不相同。

我看过一本秋虫谱，上面除了苏东坡米南宫，还有许多济颠和尚说的话，都神乎其神的不大好懂。捉到一个蟋蟀，我不能看出它颈子上的细毛是瓦青还是朱砂，它的牙是米牙还是菜牙，但我仍然是那么欢喜。听，矍矍矍矍，哪里？这儿是的，这儿了！用草掏，手扒，水灌，矍，蹦出来了。顾不得螺螺藤拉了手，扑，追着扑。有时正在外面玩得很好，忽然想起我的蟋蟀还没喂呢，于是赶紧回家。我每吃一个梨，一段藕，吃石榴吃菱，都要分给它一点。正吃着晚饭，我的蟋蟀叫了。我会举着筷子听半天，听完了对父亲笑笑，得意极了。一捉蟋蟀，那就整个园子都得翻个身。

汪曾祺的文字充满趣味，带给人愉悦。江南传统文化形态，是其精神依托。他受其影响，描述日常生活中琐事的过程中体现出特殊的情味。

童年小花园

　　花园是魔术师，能变化出各种新鲜的事物：一棵草，一朵花，一条虫子，一只飞鸟。汪曾祺清淡的文字，和童年享受的乐趣分不开。他经常去花园手抓蝉。有的蝉不叫，人们称之为哑巴。如果捉到哑巴，孩子会觉得失去很多乐趣，尽管情绪败坏，却另有玩法。摘下马齿苋瓣子，当作两个眼罩，为蝉蒙上眼睛。叶瓣大小合适，似乎为这种哑巴蝉定做，挡住视野，它什么都看不清，只能凭本能，一直往前飞，随意到任何地方。

　　孩子天性好奇心强，对任何事物都感兴趣，土蜂的出现，调动了孩子得想象和创造力。这些相貌蠢笨的家伙，撅着圆咕噜嘟的小屁股，在花朵上钻来爬去，与美丽的花丛不配，孩子们经常戏弄它。土蜂在泥地上掘洞做窠。只要留心察看，就会看到小洞里钻出毛茸茸的小脑袋，四处张望，最后出去。汪曾祺拿湿泥堵住洞口，在洞旁边重新掘口、耐心等待。不大的工夫，土蜂神气地回来了，发现洞口不见了，在焦虑中找到新掘的洞。想不到有一旁观者，对于自己的行为感到得意。土蜂觉得不对劲，东瞧西望，察看行走的路线不得其解。他对于自己的杰作非常满意，伸出小棍，指给土蜂方向。有时看土蜂进洞了，就拿树枝塞起洞口，切断它出来的道路，看它从别处开洞，急着脱离黑暗，重见光明。出来后，土蜂守在新洞口前，不急于出去，它对发生的事情感到不高兴，一副神情沮丧、气鼓鼓的样子。

花园中茂盛的草木，引来鸟儿栖居，"我从梦里就听到鸟叫，直到我醒来"。汪曾祺躺床上望向窗外，听着熟悉的叫声，几乎都从那个枝头传出。

偶尔有一只鸟儿，冒失地飞进花厅里，意外来客，使家人一阵忙碌，大家赶忙封门。有人大声呵斥，有人不断地拍手，有人举起竹竿，汪曾祺把帽子扔向空中，大家想尽办法发出威吓。鸟儿让这么大阵势给吓蒙了，不知该去何方才能逃出围追堵截。它全无主意，乱冲乱撞地飞，碰在玻璃上，发出清脆的响声。还把屋角挂的蜘蛛网弄破，抖落一些灰尘，空间中弥漫着灰尘，呛嗓子。大家忙得筋疲力尽，鸟儿也竭尽全力从两椽间空隙逃脱。

家里经常晒米粉和灶饭，或晒碗儿糕，因为怕鸟儿偷吃，都要压上一片红纸。大家以为做了醒目的警告，鸟儿不会再来。汪曾祺童心，天真无邪，想法和大人不同，他时常拿走红纸，让它们大吃一阵。如果看到这些鸟儿不给面子，不知满足，他便大喝一声，把它们全赶走。

记得有一次，汪曾祺为一只鸟儿哭过。那次伤心的哭泣留在记忆中。那是只麻雀，还是癞花？怎么得到它的？回想不起来了。有鸟相伴，让汪曾祺的童年多了一分快乐。父亲懂得儿子的心情，他从家中细篾笼子中挑出最好的,给新来的鸟做家。父亲布置相应的配套物品,选一个好碗,架上放荸荠,安置两根风藤跳棍。为的是鸟住得舒适,真正有家的感觉,让儿子为此高兴。

汪曾祺不用大人喊起床,醒得非常早。他选择紫藤架挂鸟笼子。在紫藤开花的季节,他说,"我想那是全园最好的地方。"唐代诗人李白《紫藤树》中云:

紫藤挂云木,花蔓宜阳春。
密叶隐歌鸟,香风留美人。

紫藤攀伏大树上,此时花蔓,在春天里异常的美丽。小鸟在枝叶中欢唱,那么留恋它的香气。汪曾祺常常观察家中的紫藤。暮春时节,紫藤花开得繁茂,一串串花穗垂挂枝头,灰褐色的枝蔓盘绕架子上。这是园中理想的地方,鸟笼子挂上,一切安排妥当。阳光照在紫藤上,空气中有花的味道,鸟快乐地歌唱,旋律简单无浮夸。汪曾祺站在一旁欣赏半天,时间不早了,他必须上学去。

放学以后,汪曾祺未在外贪玩,急忙往家赶。他顾不得放下书包,就来到紫藤前。一场惨案发生了。笼子掉在地下裂成多块,碗里还有一些水。眼前的情景汪曾祺难以接受,他声嘶力竭地大叫:"我的鸟,我的鸟呐?"父亲不知什么情况,正忙着给碧桃花接枝,听见儿子的声音不对头,放下手中的活,急忙赶过来。望着破碎的现场,捡起一块碎片,对儿子说了一句:"你挂得太低了,鸟在大伯的玳瑁猫肚子里了。"汪曾祺缓过神来,惨祸刺痛内心,他控制不住情绪,大声地哭起来。父亲理解儿子的心情,这种破坏行为,对孩子是伤害。他抚摸儿子的头安慰,用身体挡住背后的情景,推着儿子离开现场,不停地说:"不害羞,这么大人了。"

四

汪曾祺调动记忆,将生活中的小事情讲得有滋味。家中不算小的园子,留下那么多美好的回忆。记得有一年,园子来了许多夜哇子,其学名来自希腊语,意为夜鸦。这种鸟夜间活动,最常见的是黑冠夜鹭,叫声类似乌鸦。据说头上那根毛能破天风。大概叫声如此,老话说这种鸟能带来幸运。它们结群夜间活动,白天隐藏于密林中,经常等人走近跟前时,从树叶丛中冲出,边飞边鸣叫。

突来的客人,给童年的汪曾祺带来惊喜。夜哇子喜欢园子,准备长期住下去,安营做窠了。汪曾祺望着它们飞来飞去,衔来树枝做筑巢材料。它们的窠呈浅盘状,结构粗糙。汪曾祺把夜哇子奉为尊贵的客人,这么大的喜事,必须通报给祖母。他拉着她的手来到树前,指着树上的窠。祖母看了几眼,转身离开,一只鸟儿有什么新奇,这么大年龄,什么事情未见过?而汪曾祺想得很多,心中有诸多疑问,需要大人解答:夜哇子从哪里来,又到哪里去,夜是它的姓吗?不解的问题,想得到祖母回答。他跟着祖母一路走,不时观察她的脸。

应该说,在中国现代作家的记忆中,故乡的记忆属于他们的童年和少年的记忆,因为,他们短暂的故乡生活是在童年和少年时期度过的。童年作为人生的最初阶段,他首先是作为一个自然人面对所降临的世界的。他用自己的眼睛注视着整个陌生的世界,力图认识和理解周围的一切。这种以自然之眼看自然之物、以自然之心理解自然之物的独特方式,使童年与周围的世界建立了一种特殊的联系。于是,在儿童的眼里,一切都变得多姿多彩,并被赋予生命的动感。①

花园是汪曾祺的童年乐园,不论什么花开,经常是汪曾祺先

---

① 刘雨著:《现代作家的故乡记忆与文学的精神还乡》,引自《东北师大学报(哲学社会科学版)》,2006年第5期。

发现的。祖母佛堂铜瓶里的花，基本是他替换。这可以使他从小养成对老人的孝心，又是孩子愿做的事情。

一九二六年，鲁迅写了描写童年生活的散文《从百草园到三味书屋》，文字简约，描绘了奇趣无穷的儿童乐园，美女蛇的传说，冬天雪地捕鸟故事，使人感到愉快。老私塾先生在课堂上读书，学生乘机偷乐，两个小故事的叙述，使三味书屋充满谐趣，表现儿童快乐的心性。

汪曾祺和鲁迅不同，没有三味书屋，他只有小花园，其中奇妙的情趣，使他们有共同的快乐，得以健康成长。他们家乡的风俗，不管什么人，手中拿着掐来的花，在大街上谁都能抢。表姐们每次来，都要带一些花回去。表姐们的到来，使园子变得热闹起来。她们在园子里钻来钻去，寻找自己喜欢的花。表姐们选中花，接下来由他完成——小心地掐花。为了显示男人的勇敢，汪曾祺爬在海棠、梅树、碧桃，或丁香树上，听从表姐们的树下指挥。表姐们那伸在空中的手指，不时地指着说："这枝，唉，这枝这枝，再过来一点，弯过去的，喏，哎，对了，对了！"他不厌其烦，乐意服从命令，尽可能满足表姐们要的那枝。树枝晃动，偶尔有花朵掉落，冒险给汪曾祺带来成就感。

对于这些花，汪曾祺听表姐指点，也说自己的意见。每天和花相处，他懂得花的性格，有的开得旺，已经过了花期，再有两天会败落。他陪着表姐们回家，舍不得这些花，在路上，发现路人瞧表姐们怀中的花，心中有自豪感。

无忧无虑的童年，有许多美好的回忆，它是汪曾祺创作的源泉，心灵牵挂的地方。随着年龄增长，他经历了太多的苦乐，对人生的认识发生改变。他回忆过去的生活，更多的是寻找回忆，这种记忆具有重大的意义。揭开尘封的一角，花园的日子，带着原生气息涌来。

唯见蜡梅在唤春

汪曾祺的家乡,种蜡梅花的人家不少。他的曾祖父种下了四棵蜡梅树,长得非常高大。生长百年多,碗口粗的蜡梅,汪曾祺在以后的漂泊中很少见过。

"雪花、冰花、蜡梅花……"汪曾祺的小孙女有一阵子,喜欢唱这首儿歌。他觉得挺有意思,童稚的声音唱出天真的味道,听着是享受。小孙女来到这个世界上,其实未见过真蜡梅花,只听大人讲过,还有从他的画上看到过。宋代周紫芝《竹坡诗话》云:

> 东南之有蜡梅,盖自近时始。余为儿童时,犹未之见。元祐间,鲁直诸公方有诗,前此未尝有赋此诗者。政和间,李端叔在姑溪,元夕见之僧舍中,尝作两绝,其后篇云:程氏园当尺五天,千金争赏凭朱栏。莫因今日家家有,便作寻常两等看。观端叔此诗,可以知前日之未尝有也。

唯见蜡梅在唤春　017

汪曾祺读过《竹坡诗话》，品过每一个字。周紫芝说蜡梅是从北方传到南方去的，对于这个说法汪曾祺有点疑问，持不同意见。根据生活体验，他感到现在蜡梅南方多，北方反而少见，长成大树的更难得见到。有一次，他在颐和园藻鉴堂遇到过一棵，不是长在地上，而是种在大花盆里，放在楼梯拐角的地方。此时不是开花季节，枝上绿叶披挂，没有惹人花朵，引不起人们注意。和汪曾祺住在藻鉴堂的几个搞剧本的同行，看着盆中的蜡梅，不认识此物。汪曾祺记忆中老家的四棵蜡梅，紫褐色的花心是檀心磬口，它是蜡梅的品种之一。它花瓣较圆，颜色深黄，树心为紫色，香气浓郁，其花心紫色，又称檀香梅。他从书中读过，蜡梅分两种，一种是檀心，另外的是白心。素心蜡梅适应性强，喜湿润和阳光充足的环境。蜡梅花骨朵收拢，体态丰满，繁茂黄色花朵，花瓣向外翻卷。

汪曾祺家乡的蜡梅偏重白心，美其名曰冰心蜡梅，就是素心蜡梅。将檀心梅，称为狗心蜡梅。他不解其意，蜡梅和狗什么关系？怎么能扯到一起来呢？从哪方面讲都无道理。南宋诗人范成大的《范村梅谱》：

> 本非梅类，以其与梅同时，香又近，色酷似蜜脾，故名蜡梅。凡三种：以子种出，不经接，花小香淡，其品最下，俗谓之狗蝇梅。经接，花疏，虽盛开，花常半含，名磬口梅，言似僧磬之口也。最先天，色深，黄如紫檀，花密香秾，名檀梅，此品最佳。蜡梅香极清芳，殆过梅香，初不以形贵也。故难题咏。山谷、简斋但作五言小诗而已。此花多

宿叶，结实如垂铃，尖长寸余，又大如桃奴，子在其中。[①]

将蜡梅分三类，最差一点为狗蝇，名字与蜡梅不和谐。《范村梅谱》是我国最早的梅花专著。诗人有着丰富的学识，又在长期种植梅的过程中，深入细致观察，积累而成。

蜡梅枝条上结满花，无一空枝，旧枝新开的花朵挤成一串，争相怒放。汪曾祺卖关子说："这样大的四棵大蜡梅，满树繁花，黄灿灿地吐向冬日的晴空，那样的热闹，而又那样的安安静静，实在是一个不寻常的境界。"大年初一清晨，爬上树，在众多中选一枝一米多高的，插在大胆瓶里，很壮观。选择花枝有技巧，不仅大，而且要好看。要留心掰下来的蜡梅枝，极易折断。他觉得没有什么稀罕的，不过如此而已，每年开一回，不足为奇。

蜡梅为传统的观赏花木，有着悠久的栽培历史。蜡梅凌寒而开。它与别的花不同，先花后叶，花与叶互不相见。蜡梅花开时，枝干枯瘦，称为干枝梅。瑞雪飞扬，是蜡梅花开时节，人们踏雪而至赏蜡梅，名叫雪梅。还有一种说法，又名冬梅蜡，因为入冬开花，伴着冬天。

关于蜡梅还有一个传说。宋人王直方的侍女素儿，长相清秀，性情温和。有一年蜡梅开放时，他折一枝送给诗人晁无咎。蜡梅美得无法言说，闻着扑鼻香气，诗人为了答谢朋友情意，写诗回赠："芳菲意浅姿容淡，忆得素儿如此梅。"两句诗感动了无数人，一时传为美谈，从此以后，人们称蜡梅为素儿。

[①] 〔宋〕范成大著：《范村梅谱》，引自范成大等《范村梅谱（外十二种）》，第5页，上海：上海书店出版社，2017年版。

蜡梅和梅花相似，花期相接近，很多人把蜡梅当作梅花，但蜡梅并非梅类。李时珍《本草纲目》中说道："蜡梅释名黄梅花，此物非梅也，因其与梅同时，香又相近，色似蜂蜡，故得此名。"蜂蜡俗呼黄蜡，蜡梅开黄花，原名黄梅。古籍《礼记》上说："蜡也者，索也。岁十二月，合聚万物而索飨之也。"古代十二月祭祀叫蜡，蜡梅开于蜡月，故此得名。

苏东坡和黄庭坚发现黄梅花似蜜蜡，将它命名为蜡梅，蜡梅之"蜡"，得名全在其色。苏东坡在许昌时，在小西湖畔居住的房前屋后，大片种植蜡梅，居室匾题为"梅花堂"。颍州西湖在阜阳城西北的新泉河两岸，是古代颍河、清河、小汝河和白龙沟四水交汇处。颍州西湖景色具有独特的美，一年四季俱佳，是文人墨客吟诗作画的好地方。赵令畤，字景贶，太祖次子燕王德昭元孙，元祐六年签书颍州公事。当时苏轼以龙图阁学士出知颍州，他们来往甚密，共治颍州西湖。他写有《蜡梅一首赠赵景贶》：

> 天工点酥作梅花，此有蜡梅禅老家。蜜蜂采花作黄蜡，取蜡为花亦其物。天工变化谁得知，我亦儿嬉作小诗。君不见万松岭上黄千叶，玉蕊檀心两奇绝。醉中不觉度千山，夜闻梅香失醉眠。归来却梦寻花去，梦里花仙觅奇句。此间风物属诗人，我老不饮当付君。君行适吴我适越，笑指西湖作衣钵。[①]

[①] 〔宋〕苏轼著：《蜡梅一首赠赵景贶》，引自《苏轼全集》，第421～422页，上海：上海古籍出版社，2000年版。

江西诗派开派宗师黄庭坚在其《山谷诗序》中说:"京洛间有一种花,香气似梅花,亦五出,而不能品名,类女工燃蜡所成,京洛人因谓蜡梅。"由此蜡梅名声传扬,诗家在蜡字上做文章。

宋徽宗赵佶是宋朝第八位皇帝,《腊梅山禽图》是其所创作的画,现藏于台北故宫博物院。一株蜡梅枝干,略微有些弯曲,劲力挺直,向上伸长。枝头几点黄梅绽放,清香袭来。左侧画面,清寒中,一对山雀在清寒枝头依偎。蜷缩的山鸟,疏朗梅枝提示冬尽春来,怒放蜡梅和鸟的生动活泼,传递万物复苏气息。画面诗意浓郁,左下瘦金书题诗一首:

山禽矜逸态,梅粉弄轻柔。
已有丹青约,千秋指白头。

一个"弄"字,盘活整首诗韵味,乍暖还寒的季节,气氛活跃起来。宋徽宗在作品中表现希望、理想和爱情。借蜡梅、白头鸟、山花与蜜蜂,描写人的情感,用严寒中的植物诉说生命的坚定。

清供源于佛供,汉唐以后成为有机整体。佛教传至日本后,把禅房供花的佛供礼仪带去了,变作家居祭拜神佛场所,清供物大多为点心、水果、花草和文玩。春节前后,梅花盛开时节,素有梅花清供传统。

岁朝清供题材历来受画家喜爱,明清以后,这类题材画更多。清末画家任伯年的画,发自于民间艺术,重视继承传统,融诸家之长,画过不少清供图。他说供的这几样,天竹果、蜡梅花、水仙,有时觉得余兴未尽，为了填补空白，画里加上两个香橼，借橼谐音圆，大家用这个字图个吉利。水仙、蜡梅和天竹，各种色彩有性格，颜色鲜丽。寒风吹拂的日子，大地上的花草凋残，窗前闲坐，眼睛里挤满这几样花，真是一件乐事。

一九九二年腊月的最后一天，汪曾祺写下了与蜡梅有关的《岁朝清供》：

> 北京人家春节供蜡梅、天竹者少，因不易得。富贵人家常在大厅里摆两盆梅花（北京谓之"干枝梅"，很不好听），在泥盆外加开光丰彩或景泰蓝套盆，很俗气。穷家过年，也要有一点颜色。很多人家养一盆青蒜。这也算代替水仙了吧。或用大萝卜一个，削去尾，挖去肉，空壳内种蒜，铁丝为箍，以线挂在朝阳的窗下，蒜叶碧绿，萝卜皮通红，萝卜缨翻卷上来，也颇悦目。
>
> 春节有花市，四时鲜花皆有。曾见刘旦宅画"广州春节花市所见"，画的是一个少妇的背影，背篼里背着一个娃娃，右手抱一大束各种颜色的花，左手拈花一朵，微微回头逗弄娃娃，少妇著白上衣，银灰色长裤，身材很苗条。穿浅黄色拖鞋。轻轻两笔，勾出小巧的脚跟。很美。这幅画最动人之处，正在脚跟两笔。
>
> 这样鲜艳的繁花，很难说是"清供"了。
>
> 曾见一幅旧画：一间茅屋，一个老者手捧一个瓦罐，内插梅花一枝，正要放到案上，题目："山家除夕无他事，插了梅花便过年。"这才真是"岁朝清供"！

唯见蜡梅在唤春 023

每年腊月，家中都要折蜡梅花。汪曾祺是男孩，正是好动的年龄。蜡梅木质不硬挺，枝条脆弱，上树时须注意，稍不留心就会出现危险。蜡梅枝杈多，攀起来容易蹬踏，年少的身体轻灵，不知上过多少回，从未遇过险。他的姐姐在下面仰头，手指在空中移动，不时地指点："这枝，这枝！——哎，对了，对了！"汪曾祺对园中的蜡梅树了如指掌，他有自己审美眼光。蜡梅最好是横斜旁出的几枝，不能要全部开放的，必须几朵半开，大多数是骨朵，折下的蜡梅在瓷瓶里多养几天。如果是都开放的，用不了两天，花期一过就凋败了。

一夜过后，大雪降临，草木披挂银装，地上铺上一层厚雪。大年初一，汪曾祺一睁开眼睛便起来，到后园爬树，折些带骨朵的蜡梅。这次不是养，而是把骨朵剥下来，拿细铜丝串联，穿成插鬓边的花。

汪曾祺虽然缺少母爱，但却拥有温暖的大家庭，还有长满各种植物的花园。在这里，他度过了欢乐的童年。这些生活经验，使他后来感慨童年"很美的"。父亲在他的人生中是重要的人，对他的启蒙产生很大的作用，使他从小对于生活中各种事物有兴趣。

汪曾祺老家北城门口，有一家穿珠花的铺子，用细铜丝穿珠花。每天放学回家路过，他都进去看女工穿珠花，他的穿珠花技术是跟她们学会的。他准备好细铜线，采取学来办法，穿出几样蜡梅珠花。

汪曾祺东瞧西看，大胆创新，在蜡梅珠花中添几颗天竺果，做出来和铺子的不一样。

一九八七年二月十八日,老年的汪曾祺已离开家乡多年,他想起老家中的花园,想起自己胆子够大,做出新的蜡梅珠花,现在想起还很得意,"那是真很好看的"。他将蜡梅珠花送给祖母、大伯母,还送给继母一个。大人们梳好头,插戴在头发上。

洋槐花盛开

甘家口位于海淀区东南部,临近玉渊潭公园,汪曾祺住在一幢五层红砖楼房,是一套二居室,他与儿女轮流使用写字台。

汪曾祺走进玉渊潭公园,洋槐花盛开,好似下一场大雪,白得耀眼。他在花中漫步,花香味往鼻子里钻,人几乎被灌醉。玉渊潭公园很大,他绕湖边长堤溜达,花费一个多小时。堤上大多是运动的人,遛鸟、打拳、做鹤翔桩、跑步。每天遛弯儿时碰面,几位老人常见,热情地打招呼:"遛遛?"要么就是"吃啦?"或者"今儿天儿不错——没风!"

近年我每天早晨绕着玉渊潭遛一圈。遛完了,常找一个地方坐下听人聊天。这可以增长知识,了解生活。还有些人不聊天。钓鱼的、练气功的,都不说话。游泳的闹闹嚷嚷,听不见他们嚷什么。读外语的学生,读日语的、英语的、俄语的,都不说话,专心致志把莎士比亚和屠格涅夫印进他们的大脑皮层里去。

比较爱聊天的是那些遛鸟的。他们聊的多是关于鸟的事，但常常联系到戏。遛鸟与听戏，性质上本相接近。他们之中不少是既爱养鸟，也爱听戏，或曾经也爱听戏的。遛鸟的起得早，遛鸟的地方常常也是演员喊嗓子的地方，故他们往往有当演员的朋友，知道不少梨园掌故。有的自己就能唱两口。有一个遛鸟的，大家都叫他"老包"，他其实不姓包，因为他把鸟笼一挂，自己就唱开了："包龙图打坐在开封府……"就这一句。唱完了，自己听着不好，摇摇头，接茬再唱："包龙图打坐……"

汪曾祺是作家，喜欢游山玩水，"玩物不丧志"，愿去有文化色彩的地方，而玉渊潭公园早在金代，就是城西北郊的风景游览地。《明一统志》中载："玉渊潭在府西，元时郡人丁氏故池，柳堤环抱，清净闲适，沙禽水鸟多翔集其间，为游赏佳丽之所。"独特的地理环境，地势低洼，西山一带的山水汇积于此。河水富有曲线韵律，一片水乡美景。当时一些封建士大夫们，不愿意与世俗者同流合污，隐居避世，追求高雅的情趣，多处风景名胜是选择好地方。

汪曾祺去的景区，应该是公园东西湖南岸，有大片洋槐林。一九一〇年，京师大学堂分科办学，在望海楼官地以西罗道庄，建立起农科大学，以玉渊潭作为实习地。近半个世纪，国立北京农科大学、北平大学农学院，还有北京农业大学，不同时期的在校师生，征用玉渊潭土地，改良土壤，培育新的农作物品种，种植各类树木，尤其是洋槐和榆树。

将洋槐花比作雪的还有居住在老北京的作家张恨水，他写的《啼笑姻缘》，产生意想不到的轰动，带起了北平旅游业的兴盛。外地读者来北平，受他作品影响，天桥成为必游之地。他写北京的四合院、胡同、花草、年节、市声，一棵槐树写得有味道。在散文《五月的北平》，开篇写如雪的洋槐，和汪曾祺感受相同：

> 洋槐树开着其白如雪的花，在绿叶上一球球地顶着。街，人家院落里，随处可见。柳絮飘着雪花，在冷静的胡同里飞。枣树也开花了；在人家的白粉墙头，送出兰花的香味。北平春季多风，但到五月，风季就过去了（今年春季无风）。市民开始穿起夹衣，在不暖的阳光里走。北平的公园，既多又大。只要你有工夫，花不成其为数目的票价，亦可以在锦天铺地、雕栏玉砌的地方消磨一半天。
>
> 北平的房子，大概都是四合院。这个院子，就可以雄视全国建筑。洋楼带花园，这是最令人羡慕的新式住房。可是在北平人看来，那太不算一回事了。北平所谓大宅门，哪家不是七八上下十个院子？哪个院子里不是花果扶疏？这且不谈，就是中产之家，除了大院一个，总还有一两个小院相配合。这些院子里，除了石榴树、金鱼缸，到了春深，家家由屋里度过寒冬搬出来。而院子里的树木，如丁香、西府海棠、藤萝架、葡萄架、垂柳、洋槐、刺槐、枣树、榆树、山桃、珍珠梅、榆叶梅，也都成人家普通的栽植物，这时，都次第地开过花了。尤其槐树，不分大街小巷，不

分何种人家，到处都栽着有。在五月里，你如登景山之巅，对北平作个鸟瞰，你就看到北平市房全参差在绿海里。这绿海大部分就是槐树造成的。

洋槐传到北平，似乎不出五十年，所以这类树，树木虽也有高到五六丈的，都是树干还不十分粗。刺槐却是北平的土产，树兜可以合抱，而树身高到十丈的，那也很是平常。洋槐是树叶子一绿就开花，正在五月，花是成球的开着，串子不长，远望有些像南方的白绣球。刺槐是七月开花，都是一串串有刺，像藤萝（南方叫紫藤），不过是白色的而已。洋槐香浓，刺槐不大香，所以五月里草绿油油的季节，洋槐开花，最是凑趣。

洋槐花可以吃，国槐叶子能吃，它们都叫槐，品性不同。洋槐荚果灰蒙蒙的，扁扁的，和开花比较起来，令人难以相信。国槐荚果惹人喜爱，圆圆的串珠状，翠绿油亮。洋槐荚果无别的用途，只能繁殖后代。国槐荚果风光多彩，博得人们偏爱。国槐荚果叫槐米，俗呼槐连豆。槐树夏季开花，每到盛夏花期来临时，洁白槐花缀满树枝，空气中漫着清香，使人感到舒适。十月间，果实成熟。果肉淡黄浅绿，内裹黑色籽粒，形状似菜豆角的样子，有单颗粒的，也有多粒串在一起。槐连豆和别的植物不同，它挂在树上不落，即使秋风吹打。冬季到来，经清寒霜冻，完全干透，从树上摘下清洗干净，拿锅上笼屉蒸熟，然后晒干，就是槐角茶。此茶甘醇可口，留在味蕾中，回味无穷。它清热解毒，润肝养血，又是养颜的好东西。

槐与洋槐是不同的植物，树种不名贵，都是常见的树木。槐是常说的国槐，豆科槐属植物，原产于我国北方。春秋时代，在周公创立的《周礼》中写道："朝士掌建邦外朝之法，左九棘。孤卿大夫位焉，群士在其后。右九棘，公侯伯子男位焉，群吏在其后。面三槐，三公位焉，州长众、众庶在其后。"周朝官位最高的三个职位，太师、太傅和太保，他们坐在三棵槐树下，从此以后，槐树和宰相牵扯，出现槐门、槐庭的说法。

洋槐，又称刺槐，原产北美东部，一八七七年来到我国。刺槐与槐同科不同属。不细观察槐和刺槐的外观，难以分辨，它们模样非常相似。高大的乔木，树皮纵向裂纹，叶子羽状复叶，蝶形花朵成序状。

槐和刺槐产花蜜，刺槐种植面较广，人们所见的槐花蜜，是刺槐花蜜，真正槐花量少，作为辅助蜜源。刺槐花香气浓郁，受人们喜爱。槐花能吃，味道差一些。古人吃叶，却不吃花。

洋槐花采摘以后，做拌菜、熬汤和焖饭，还能做槐花糕和包饺子。不少地方有蒸槐花的风俗，洗净槐花加面粉拌匀，入精盐及各种调味料，上屉蒸熟。

汪曾祺遇上放蜂人，不会错过此机会。作品源于生活，不是仅在书室中想象的生活。放蜂人按着自己节奏，摆放好蜂箱，这里变作临时的家。刷了涂料的黑帆布篷子，里面打起两道土堰，布置简单，上面架起几块木板，就是休息的床，有一卷铺盖。地上排着油瓶、酱油瓶、醋瓶。白铁桶里盛多半桶蜜，蜂窝煤炉子上，坐着一口锅，女人在案板上切青蒜。锅里的水烧开，她下一把干切面。不大会儿工夫，面熟捞进碗里，加上作料，撒上青蒜，舀半勺豆瓣。

汪曾祺买过两次蜜,从玉渊潭遛弯回来,经过放蜂人住的篷子。每年收蜜,正是一年中的好季节。他坐在篷前树墩上,抽一支烟,休息一阵子,又能看放蜂人收蜜和刮蜡,家长里短地聊两句,了解养蜂生活状态,很快彼此熟悉。

放蜂人五十多岁,身体偏瘦,每天与蜜打交道,却营养不足似的。放蜂人性格好,不紧不慢地做事,从不慌张。汪曾祺在交流中发现,他有点不同于其他农民,他说话的口音是石家庄一带。以四海为家的人,走过诸多省份,见过大世面。什么地方有鲜花,就到哪里去。冬天上南方过冬,边远的广西和贵州都去过,春天暖和离开南方,重新返回北方。

汪曾祺和放蜂人聊天,觉得蛮有意思,眼前人生活阅历相当丰富。他想放蜂人一年的收入,应当很可观。放蜂人说比农民稍好,费用较高,包括蜂具和路费,每年要赔几十斤白糖。到了冬天时节,蜜蜂不采蜜时也得喂糖。

放蜂人是放蜂和品蜜的专家,汪曾祺虚心地问,听说枣花蜜好,放蜂人的回答出乎意料,他说荆条花蜜最好。荆条具有柔韧性,可用它编制背篓和篮子,其根、茎、叶和果实均可入药。荆条最大的价值,是优良的蜜源植物,夏季花期长,且含蜜量大,流蜜期长。荆条这不起眼的东西,没见过荆条开花,荆花蜜,没想到却是四大名蜜。

放蜂人和他的老婆,两人看上去岁数相差很大。放蜂人五十多岁,女人却三十出头,她不是北方人,说一口四川话。汪曾祺好奇地问放蜂人:"你们是怎么认识的?"放蜂人大方地回答:"她是新繁县人。那年我到新繁放蜂认识的，她说北方的大米好吃，就跟来了。"汪曾祺佩服这位能干的四川女人。新繁是四川历史文化名镇，有两千八百多年的历史。这里出过许多名人：元代宰相张惠、清初思想家费密、"五四"文化名人吴虞和作家艾芜等。

或许她看中了男人的好脾气，喜欢他平和的性格？或是觉得放蜂生活，可以东南西北到处耍？四川女孩子做事洒脱，不和北方女孩子那样考虑那么多。他们结婚几年了，丈夫对她好，她对丈夫体贴，觉得自己的选择没有错，一点不后悔。汪曾祺问养蜂人："她回去过没有？"放蜂人爽快地说："回去过一次，一个人。他让她带了两千块钱，她买了好些礼物送人，风风光光地回了一趟新繁。"

汪曾祺用了一句话，非常有新意，说这两口子"这是一种农村式的浪漫主义。"几天后，他又去玉渊潭遛弯，发现养蜂人篷子拆了，蜂箱全部集中在一起。在公园里遛弯回来，养蜂人的大儿子开来卡车，往上装篷柱和木板，一些生活日用品，所有的蜂箱。养蜂人两口子坐上车，卡车开走了，留下一阵灰尘。

汪曾祺望着远去卡车，说不清的伤感涌出，动情地说："玉渊潭的槐花落了。"

枸杞香动人

汪曾祺对地方风味小吃兴趣浓厚，其笔下的食物，有平民性特点，读他的散文感到亲切，充满生活气息。

枸杞不是名贵的东西，开花以后，结出长圆形浆果，即枸杞子。我国大部分地区，荒野河滩，几乎处处有之。汪曾祺家乡产的枸杞没有入药，可能与品种有关，不如宁夏的好。宁夏产枸杞，果子长可近寸，糖分非常多，颜色深红，为正宗产品。中医处方中的"甘杞子"，因为宁夏古属甘州的缘故。

汪曾祺住新华社宿舍楼，这栋楼是"文革"以后，北京建得最早的高层居民楼。他家是一套三居室，他终于有了自己的房间。在新居中，他写下《故人往事》《故乡的食物》《聊斋新义》等令人喜爱的作品。他描绘故乡枸杞，写春天时节，冒出的嫩叶，俗谓枸杞头。有时听见乡村女孩子采来枸杞头，放在竹篮里走街串巷地叫卖："枸杞头来！"枸杞头做起来不复杂，可下油盐炒食，可开水焯，切碎加入香油、酱油和醋。那味道爽口清香，"春天吃枸杞头,云可以清火,如北方人吃苣荬菜一样"。

枸杞在《诗经》中有记载,"陟彼北山,言采其杞。"登上高高的北山,采撷红枸杞。唐代文学家陆龟蒙,喜爱枸杞头与菊花苗,著有《杞菊赋并序》曰:

> 天随子宅荒少墙,屋多隙地,著图书所,前后皆树以杞菊。春苗恣肥,日得以采撷之,以供左右杯案。及夏五月,"枝叶老硬,气味苦涩,旦暮犹责儿童辈拾掇不已。人或叹曰:"千乘之邑,非无好事之家,日欲击鲜为具以饱君者多矣。君独闭关不出,率空肠贮古圣贤道德言语,何自苦如此?"生笑曰:"我几年来忍饥诵经,岂不知屠沽儿有酒食邪?"退而作《杞菊赋》以自广云。

文学家陆龟蒙，也是农学家，他对枸杞头有深入的了解。他对这种植物尤为喜爱，几乎到了痴迷的地步。枸杞头作为案头清供，每天赏玩，实为不俗。

北宋文学家苏轼，熙宁七年（1074年）冬十一月，为密州太守。密州，就是今天山东省诸城。当地因灾情严重，生活相当困苦，于是他便采枸杞作为食物果腹。他心胸开阔，性格开朗，超出世俗生活之外，洒脱地对待眼前困难，表现了文人的胸怀和修养。苏轼仿照陆龟蒙的文风，故名之《后杞菊赋并序》

天随生自言常食杞菊。及夏五月，枝叶老硬，气味苦涩，犹食不已。因作赋以自广。始余尝疑之，以为士不遇，穷约可也。至于饥饿嚼啮草木，则过矣。而予仕宦十有九年，家日益贫。衣食之奉，殆不如昔者。及移守胶西，意且一饱。而斋厨索然，不堪其忧。日与通守刘君廷式（循古城废圃求杞菊食之。扪腹而笑。然后知天随生之言可信不谬。作《后杞菊赋》以自嘲，且解之云。

"吁嗟！先生，谁使汝坐堂上，称太守！前宾客之造请，后掾属之趋走。朝衙达午，夕坐过酉。曾杯酒之不设，揽草木以诳口。对案颦蹙，举箸噎呕。昔阴将军设麦饭与葱叶，井丹推去而不嗅。怪先生之眷眷，岂故山之无有？"

先生听然而笑曰："人生一世，如屈伸肘。何者为贫，何者为富？何者为美，何者为陋？或糠覈而瓠肥，或粱肉而墨瘦。何侯方丈，庾郎三九。较丰约于梦寐，卒同归于一朽。吾方以杞为粮，以菊为糗。春食苗，夏食叶，秋食花实而冬食根，庶几乎西河南阳之寿。"①

文章讲述得情真意切，议论见事风生，颇有诙谐趣味。此文一出，他被诬陷讥讽朝廷减削公使钱太甚，以后成为"乌台诗案"的罪证。乌台指的是御史台，汉代时御史台外柏树，栖居很多乌鸦，所以人称御史台，亦称柏台。宋神宗赵顼元丰二年（1079年），权监察御史里行何正臣、舒亶，国子博士李宜，权御史中丞李定等人，指控苏轼写诗文反对新法、指斥皇帝，苏轼被抓进乌台，关进狱中四个月。由于宋朝有不杀士大夫惯例，他逃过一劫，免于一死，被贬为黄州团练。

陆游也是爱食枸杞之人，他在《道室即事》诗中写道：

松根茯苓味绝珍，甑中枸杞香动人。
劝君下箸不领略，终作邙山一窖尘。

绿叶衬托红果，非常鲜艳，惹人眼目。在人的心目中，枸杞是延年益寿的吉祥宝贝，陆游诗中就多次提到枸杞。春天采来嫩笋、野生小蘑菇与枸杞芽，称为"山家三脆"。生长山间的枸杞头，在诗人眼里是难得的仙品。

汪曾祺古典文学功底深厚，读书不限于文学。他读过明代王

---

① 〔宋〕苏轼著：《后杞菊赋并序》，引自《苏轼全集》，页647页，上海：上海古籍出版社，2000年版。

象晋所撰的《群芳谱》，其书中写枸杞有"悦颜色、坚筋骨、黑须发、明目安神"的功效。枸杞可放入米中煮粥，或蒸干饭，也能做汤，晒干贮存，冬天食用。唐宋之后，枸杞头成为一道名菜。

传说中枸杞炖银耳，是一道滋补名羹，这也有一个好听的故事：西汉开国元勋张良，看到刘邦无情地杀戮功臣名将，深感自己处境危险，觉得应及时引退。辞官以后，他隐居山间，过着清淡的生活。他采集银耳炖食以示清白。山中的日子可以修炼身心，让他对人生有了更深刻的理解。到了唐朝，开国功臣房玄龄、杜如晦都当上了宰相。他们认为大丈夫，活着图个清白，死也要有价值，人总是要死的，这并不可怕。于是他们在炖银耳中加入枸杞，寓意人活得清白，又不怕死。从此以后，此菜留传至今。

枸杞子是滋补养生的上品，具有延衰抗老的功效，又名"却老子"。枸杞浑身是宝，李时珍《本草纲目》记载："春采枸杞叶，名天精草；夏采花，名长生草；秋采子，名枸杞子；冬采根，名地骨皮。"枸杞嫩叶好吃，或作枸杞茶。枸杞子降血糖，能抗脂肪肝，还有抗动脉硬化的作用。

汪曾祺的住处离钓鱼台国宾馆不远，挨着玉渊潭公园，周围的环境不错。每天去遛弯，也是快乐的事情。

  我在玉渊潭散步，在一个山包下的草丛里看见一对老夫妻弯着腰在找什么。他们一边走，一边搜索。走几步，停一停，弯腰。

  "您二位找什么？"

  "枸杞子。"

"有吗?"

老同志把手里一个罐头玻璃瓶举起来给我看,已经有半瓶了。

"不少!"

"不少!"

他解嘲似的哈哈笑了几声。

"您慢慢捡着!"

"慢慢捡着!"

看样子这对老夫妻是离休干部,穿得很整齐干净,气色很好。

汪曾祺猜测,他们捡枸杞,拿回去配药?泡酒?琢磨半天。从他们的神情看来,不一定做药。如果真需要,托人从宁夏捎或寄一点来,就能解决问题。听口音,老同志是西北人,那边肯定会有熟人和亲戚。

老人捡枸杞似乎是一种乐趣,走路的时候,不时捡落下的枸杞,挺有情趣的。"人老了,是得学会这样的生活。看来这两位中年时也是会生活,会从生活中寻找乐趣的。"汪曾祺对此是欣赏的,觉得有这样行为的人,一定是厚道人。

从钓鱼台通往甘家口商场的路上,路西面一家门头上,有大丛枸杞。秋天结很多红果子,垂挂下来,如同一团火,好看极了。汪曾祺赞赏:"这丛枸杞可以拿到花会上去展览。这家怎么会想起在门头上种一丛枸杞?"

珍果葡萄

一九五七年,汪曾祺戴着"右派"帽子下放进行思想改造。他和其他几名"右派"被分配到沙岭子农业科学研究所。在那里,他与农人一起起猪圈、刨冻粪,几天下来,累得连说话的力气没有,但他都咬紧牙关挺过来了。下放第一年,他大部分农活都干过了,最后被分配到果园上班。二十六年后,他追往忆昔,画了一幅《松鼠葡萄图》,题款:"曾在张家口沙岭子葡萄园劳动三年。一九八二年再往,葡萄老株俱已伐去矣。"画面上,看不到过去经历的磨难坎坷,纵身跳的小松鼠,两串晶莹碧透的葡萄——这是对沙岭子期间的记忆。

汪曾祺在沙岭子农业科学研究所,劳动了四个年头。沙岭子——若不是他在文章中写过,很少有人知道京包线上,宣化至张家口间的这个小站。他熟悉这条线路,对此也是刻骨铭心的。当年一个人从北京坐夜车,颠簸一宿,天刚刚发亮,就让绿皮火车甩到了沙岭子。从车上下来的人少得可怜,只有十几个旅客,

很快都不见踪影了。他的情绪极坏,甚至绝望,感觉"空气是青色的"。涂成浅黄色的墙壁,灰色板瓦盖顶,空荡荡的站台,锃亮的钢轨向远方延伸,他的内心生满凄凉,不知今后的命运会怎么样。

农科所办公室是一排青砖房,后面是空场地,对面是贮藏种子的仓库,房梁上,吊挂一些作物良种的穗。仓库后头是所里食堂,再往后便是猪圈了。东面有农科所职工宿舍,其中两间大的房间,由单身职工和合同工住,每间里住二十人。汪曾祺被安排东边一间里,在一张木床上,睡了近三年时间,直到后来摘掉"右派"帽子,结束劳动改造。在这里他接受劳动改造,成为给葡萄喷波尔多液的农工。

葡萄是最古老的果树之一,它与苹果、柑橘、香蕉被称作世界四大水果。我国关于葡萄很早就有文字记载,《诗·王风·葛藟》载曰:"绵绵葛藟,在河之浒。终远兄弟,谓他人父。谓他人父,亦莫我顾。"葛藟,即野生葡萄。可见,早在殷商时代,古人就采集食用野葡萄了。陆机,三国时东吴名臣陆逊的孙子,他的《饮酒乐》描写了当时葡萄酒状况:

蒲萄四时芳醇,琉璃千钟旧宾。
夜饮舞迟销烛,朝醒弦促催人。
春风秋月桓好,欢醉日月言新。

《饮酒乐》中的"蒲萄"指葡萄酒,反映了当时上流社会挥霍浪费的生活,一年四季,喝着葡萄美酒,每天做梦似的,昏昏沉沉，糊里糊涂地过着日子。南北朝时期，文学家庾信在《燕歌行》云：

蒲桃一杯千日醉，无事九转学神仙。
定取金丹作几服，能令华表得千年。

庾信在诗中表达解决问题的办法，想来想去，不如喝上一杯葡萄酒，换来千日醉，要不就为了长生不老，学炼丹的神仙。若能得到金丹，分作几次服用，肯定和千年笔直挺立的华表一样，永享天年。可见，葡萄酒在当时人们心中的重要地位。

长安百亩禁苑中，有两处葡萄园。宰相魏徵是酿造葡萄酒的大师，他的两种葡萄美酒，风味不同，取名为"醽醁"和"翠涛"。他献给皇帝唐太宗，唐太宗赞美不已，赋诗一首《赐魏徵诗》：

醽醁胜兰生，翠涛过玉瓒。
千日醉不醒，十年味不败。

百亩禁苑中的另一位高人，名园丁郭橐驼，是"稻米液溉其根"法的发明人，因为此方法浅显易行，一时汉地风行。长安原来有个皇家葡萄园，因后来改作光宅寺，寺中的普贤堂，因为尉迟乙僧"用笔紧劲，如屈铁盘丝"，色浓重有明显凹凸感，以所创作的于阗风格壁画闻名。唐人段成式《寺塔记·光宅坊光宅寺》里记载："本天后梳洗堂，葡萄垂实则幸此堂。"唐代君王喜欢葡萄酒，它是宫中特供，这个时代的诗人王翰，写出传世之作《凉州曲》：

> 葡萄美酒夜光杯，欲饮琵琶马上催。
> 醉卧沙场君莫笑，古来征战几人回？①

和田玉作的夜光杯，倒满甘醇的葡萄美酒，士兵们举起杯，开怀痛饮。急促的琵琶声响起，助兴催饮，即将奔赴沙场杀敌报国。如果有一天醉倒沙场，请君莫笑话，从古至今出外征战，又有几个人凯旋呢？表达出将士们的豪迈之情，以及出征前的悲壮情感。

明代药学家李时珍在《本草纲目》中写道："葡萄，《汉书》作蒲桃，可造酒，人酺饮之，则酶然而醉，故有是名。"这个"酺"，是大家喝酒的意思，"酶"即大醉的样子。字面上的意思，按他的解说法，"葡"和"萄"两字组合，是因这种水果酿成酒，能使人饮后而醉。

汪曾祺每天面对一棵棵结果的树，心情愉悦，可以排解许多烦恼。走进果园里，顶着枝头的果子，觉得在这里干活不算累，比大田里有意思多了。汪曾祺下放头两年参加劳动时，吃苦耐劳，很快，大部分农活他差不多都学会了。插秧、锄地、割稻子这些活，全所工人突击性的活，每个人必须参加。果园工作日记里，记录着每天干什么活，翻开看，几乎都是给葡萄喷波尔多液。工

---

① 〔唐〕王翰著：《凉州曲》，引自〔清〕蘅塘退士编选：《唐诗三百首评注》，济南：齐鲁书社，2001年版。

作日记只有组长才能填写，别人不能在上面乱写。他发现有意思的问题，"这里的干部工人都把葡萄写成'芍芍'。两个字一样，为什么会读出两个字音呢？"果园里，一年不知道喷多少次波尔多液，把硫酸铜加石灰兑水，搅拌发生化学变化，就是波尔多液，它是果树防病必不可少的。梨树、苹果喷得不勤，葡萄十天八天喷一回。喷得太少不起作用，多了果树叶子挂不住，流淌下来。喷时不能光叶面，叶背都得喷到。他干活用心，波尔多液喷得细致，以致后来，活都交给他做。天蓝色的波尔多液，每天与它打交道，他的白衬衫变成浅蓝的了。

关于葡萄，汪曾祺读过许多史书上的记录，他深刻地指出："至少玫瑰香不是张骞从西域带回来的。玫瑰香的家谱可以查考。它的故乡是英国。"玫瑰香葡萄，含糖量高，其麝香味浓深受人们喜爱。一八六〇年，由英国人斯诺嫁接亚历山大和黑罕而成。这一品种由传教士倪氏引入山东烟台，一八九二年，又从欧洲引入，是我国分布最广的品种。

我国葡萄出现在什么年代，从哪里来的，学界说法不同。人们认为，是张骞从西域带回来的。在汉武帝时候，公元前一百三十年左右，农学家贾思勰所著《齐民要术》记述："汉武帝使张骞至大宛，取葡萄实，如离宫别馆旁尽种之。"司马迁的《史记》，班固的《汉书》，都提到了异域的葡萄、苜蓿、石榴。可惜无证据，或留下一点文字线索，说明如何传入。张骞第一次出使大夏，被匈奴扣留十多年，他逃出匈奴人控制区，不可能带东西，乃至异域的植物和种子。

张骞死后多年，东汉文学家王逸坚持认定，葡萄由张骞带入汉地:"张骞周流绝域,始得大蒜、葡萄、苜蓿。"文学家说法,并非空口胡说,他根据张骞经历考证出来的。王逸的说法,为晋代博物学家张华、北魏农学家贾思勰,以及唐宋诸多文史家接纳。

说张骞带回葡萄,不是平白无据的,现在大量存在着"葡萄海马镜"。古镜盛行唐代,主要形状为圆形。镜背面的纹饰,系高浮雕,以葡萄和各种鸟兽虫蝶构成。葡萄蔓枝叶交织,果实连接成串,禽兽攀附枝叶间。

汪曾祺从历史物证,考查出"张骞带回的葡萄是什么品种的呢?从'葡萄海马镜'上看不出。从拓片上看,只是黑的一串,果粒是圆的。"葡萄原产欧洲,从西亚和北非一带传入我国,是汉武帝时张骞去西域的成果。

汉武帝时期的国力强盛,社会经济得到发展,进入繁荣时代。建元二年(139年),汉朝日趋强盛后,计划消除匈奴贵族对北方的威胁,于是汉武帝派遣张骞出使西域。汪曾祺阅读史书,从中寻根问据,发出疑问:"但是不是张骞之前,中国就没有葡萄?有人是怀疑过的。"

安邑是古代都邑名,夏朝都城,在山西运城夏县埝掌镇,东下冯村青龙河南北两岸的东下冯遗址。安邑是个出葡萄的地方,山西安邑"多蒲桃,而人不知有酿酒法"。南宋时,山西已在金国的统治下,诗人元好问《蒲桃酒赋》中记录,山西安邑葡萄很多,很多人不知道如何酿酒,试验用葡萄与米曲混酿,酒虽然做成了,却没有古人说的"甘而不饴,冷而不寒"的风味。金贞祐年间,有一户人家外出躲避流寇,回乡后发现,出逃之前竹器中盛放

葡萄，放在陶罐上，此时果粒干瘪，葡萄汁流入陶罐中，变成香气扑鼻的美酒。葡萄破碎发酵成为酒。从留下的文字来看，山西安邑是我国葡萄酒自然发酵法产生的地方。《安邑果志》载道：

《蒙泉杂言》《酉阳杂俎》与《六帖》皆载：葡萄由张骞自大宛移植汉宫。按《本草》已具神农九种，当涂熄火，去骞未远，而魏文之诏，实称中国名果，不言西来。是唐以前无此论。

曹丕在《与吴监书》中描写吃葡萄的情景："当其夏末涉秋，尚有余暑，醉酒宿醒，掩露而食，甘而不饴，脆而不酸，冷而不寒，味长汁多，除烦解倦，又酿以为酒，甘于曲蘖，善醉而易醒。"汪曾祺发问："魏文帝吃的是什么葡萄？"这个不大不小的问题，从古至今史料无法说清。好奇心驱使他探寻下去。

汪曾祺看过宋朝和尚画家温日观的作品，他专门画葡萄，人称"温葡萄"。温日观擅长草书笔法，画山水葡萄。《农田舍余话》卷上有很好描述：

古人无画葡萄者，吴僧温日观夜于月下视葡萄影，有悟，出新意，以飞白书体为之，酒酣兴发，以手泼墨，然后挥墨，迅于行草，收拾散落，顷刻而就。如神，甚奇特也。

汪曾祺研究过温日观所画的葡萄,作品用的是淡墨,没有着色。"从墨色上看,是深紫色的。果粒都做正圆,有点像是秋紫或是金铃。"他读过许多史料,底气十足地说,不管张骞带回来的,曹丕吃过的,温日观创作的画里的,肯定不是玫瑰香。

二〇一〇年四月二十日,《北京晚报》开设专栏"名家之后读名家之作",其中有汪曾祺长女汪明写父亲的《葡萄月令》:

> 不管别人怎么评价,我们知道,父亲自己对于《葡萄月令》的偏爱是不言而喻的。当年因为当了"右派",他被下放到张家口地区的那个农科所劳动改造。在别人看来繁重单调的活计竟被他干得有滋有味、有形有款。一切草木在他眼里都充满了生命的颜色,让他在浪漫的感受中独享精神的满足。以至于在后来的文章中,他常常会用诗样的语句和画样的笔触来描绘这段平实、朴素、洁净的人生景色。果园是父亲干农活时最喜爱的地方,葡萄是长在他心里最柔软处的果子,甚至那件为葡萄喷"波尔多液"而染成了淡蓝色的衬衫在文章中都有了艺术意味,而父亲的纯真温情和对生命的感动也像"波尔多液"一样盈盈地附着在《葡萄》上。[①]

杨香保后来写文章,回忆汪曾祺来张家口讲学。一九五七年,他也被下放到了沙岭子农科所,与汪曾祺等人在一起劳动改造。

---

① 汪明著:《汪曾祺偏爱〈葡萄月令〉》,原载《北京晚报》,2010年4月20日。

一九六〇年他调到市文化局工作，任《浪花》编辑部主任。二十世纪八十年代，市文联、市总工会、市青联合邀请十几名作家，阎纲、石英、刘湛秋、汤吉夫、汪曾祺等来张家口讲学。

他们是老朋友，在那个年代共同患难过。汪曾祺曾经写信给杨香保，问过"有无令人兴奋的消息"，关心何时分配工作，何时能摘帽子。

一九八三年六月二十日，汪曾祺来张家口，参加市文联召开的小说创作座谈会。杨香保陪他旧地重游，前往沙岭子农科所的劳动场所。当年劳动过的林场，林木枝叶繁茂，居住过的大工棚，只有过去的大屋顶在，已经改建成民住房。望着这一切，语言难以表达，他们仰视良久，往日艰辛浮现眼前。

他们坐在果园地上，心情起伏，思绪复杂多端。他怀念果园的现在与过去，提笔写下《重返沙岭子有感》，赋诗抒怀：

> 二十三年弹指过，悠悠流水过洋河。
> 风吹杨柳加拿大，雾湿葡萄波尔多。
> 白发故人遇相识，谁家稚子唱新歌。
> 曾历沧桑增感慨，相期更上一层波。

汪曾祺是老园工了，在沙岭子里种过葡萄，当时果园品种最多的是葡萄，估计有四十几种。"柔丁香""白香蕉"是名贵的品种。"柔丁香"有丁香味，"白香蕉"味如香蕉，也是从国外引进的。"黑罕""巴勒斯坦""白拿破仑"，当初是外来品种，在我国落户已久，名字汉化了。汪曾祺指出，"大粒白""玫瑰香""马奶子",它们在谱系上难于查证。葡萄的果粒形状各异,大小不同,玫瑰香果枝长,现在市上的玫瑰香,不是原来的味道,退化变味了。

挖窖挖出的土,堆在四面,筑成垄,就成一个池子。池里放满了水。葡萄园里水气泱泱,沁人心肺。

葡萄喝起水来是惊人的。它真是在喝哎!葡萄藤的组织跟别的果树不一样,它里面是一根一根细小的导管。这一点,中国的古人早就发现了。《图经》云:"根苗中空相通。圃人将货之,欲得厚利,暮溉其根,而晨朝水浸子中矣,故俗呼其苗为木通。""暮溉其根,而晨朝水浸子中矣",是不对的。葡萄成熟了,就不能再浇水了。再浇,果粒就会涨破。"中空相通"却是很准确的。浇了水,不大一会,它就从根直吸到梢,简直是小孩喂奶似的拼命往上喝。浇过了水,你再回来看看吧:梢头切断过的破口,就嗒嗒地往下滴水了。

是一种什么力量使葡萄拼命地往上吸水呢?

施了肥,浇了水,葡萄就使劲抽条、长叶子。真快!原来是几根根枯藤,几天工夫,就变成青枝绿叶的一大片。五月,浇水,喷药,打梢,掐须。

葡萄一年不知道要喝多少水,别的果树都不这样。别的果树都是刨一个"树碗",往里浇几担水就得了,没有像它这样的:"漫灌",整池子地喝。

喷波尔多液。从抽条长叶,一直到坐果成熟,不知道要喷多少次。喷了波尔多液，太阳一晒，葡萄叶子就都变成蓝的了。葡萄抽条，丝毫不知节制，它简直是瞎长！几天工夫，就抽出好长的一节的新条。这样长法还行呀，还结不结果呀？因此，过几天就得给它打一次条。葡萄打条，也用不着什么技巧，一个人就能干，拿起树剪，劈劈啦啦，把新抽出来的一截都给它铰了就得了。一铰，一地的长着新叶的条。

葡萄的卷须，在它还是野生的时候是有用的，好攀附在别的什么树木上。现在，已经有人给它好好地固定在架上了，就一点用也没有了。卷须这东西最耗养分，——凡是作物，都是优先把养分输送到顶端，因此，长出来就给它掐了，长出来就给它掐了。

葡萄的卷须有一点淡淡的甜味。这东西如果腌成咸菜，大概不难吃。

有一年，技术员把两穗嫁接在一起，葡萄嫁接出大粒白葡萄。大粒白结得多，有的可达七八斤。其中一串大粒白，长得竟达二十四五斤。这串葡萄粒白，如乒乓球大，味道不好，特别难吃。为了让它增加营养，注射了葡萄糖。他对此事不满意，说简直是胡闹。葡萄每天变化，接近成熟时护理要跟上，给地再一次浇水，喷波尔多液。

汪曾祺重回劳动过的果园，已经过了二十六年。农科所变化很大，熟人都老了。他走在渠沿上，碰到张素花和刘美兰，以前每天他们在一起劳动。汪曾祺热情地叫她们，刘美兰的手遮挡在额前,眯起一双眼睛,发出疑问道:"是不是个老汪?"阔别多年的老同事,见面后无比亲热,他问刘美兰现在还跟丈夫打架吗——过去他们两口子老打架,刘美兰是柴沟堡人,"我"字都念成"偓",她高兴地说:"偓都当了奶奶了!"

汪曾祺听后,感觉"日子过得真快"。

俺们的秋天

"一叶落而知天下秋,梧桐是秋的信使。"秋天落叶使人伤感、情绪波动,汪曾祺这里指的是中国梧桐。人们常说的法国梧桐,属于悬铃木科,又名英国梧桐,二球悬铃木,十九世纪末传入上海。在法租界种植较多,叶似梧桐,被误称法国梧桐。古书上说,中国梧桐知闰、知秋。每条枝上平年生十二叶,每边各有六叶,闰年要生十三叶。这是根据自然经验,偶然演绎出来的,实际上不科学。至于知秋是物候和规律。梧桐是梧桐科落叶乔木,它和同名的法国梧桐,无任何亲缘。中国梧桐花朵与法国梧桐树叶,有各自的特色,开着喇叭状花的是中国梧桐,树叶似手掌形,则是法国梧桐。民间有一种说法,法国梧桐生毛毛虫,中国梧桐不会。

梧桐叶大,易受风。叶柄甚长,叶柄与树枝连接不很结实,好像是粘上去的。风一吹,树叶极易脱落。立秋那天,梧桐树本来好好的,碧绿碧绿,忽然一阵小风,"倏"的一声,飘下一片叶子,无事的诗人吃了一惊:啊!秋天了!
其实只是桐叶易落,并不是对于时序有特别敏感的"物性"。

汪曾祺写得神秘,一枚秋天梧桐落叶,勾出残秋的画面。梧桐树躯干高大、强壮,树干无瘢节,向上直奔天空。树皮光滑,树的枝叶厚实,葱郁垂阴。

梧桐是我国记载的最早名树种,在树中地位不一般,有树王之称,相传是灵树。宋代邹博《闻见录》谓之:"梧桐百鸟不敢栖,止避凤凰也。"作为百鸟之王的凤凰身怀宇宙,非梧桐不栖。二十四史中的《魏书·王飍传》中记录:"凤凰非梧桐不栖。"凤凰择木而栖,是凤凰的君子风范。

梧桐的最早记载,见于先秦文献《诗经》,其中的《大雅·生民之什·卷阿》记曰:"凤凰鸣矣,于彼高岗。梧桐生矣,于彼朝阳。"足以证明商末周初,梧桐树在当时已受到了大家的关注。以后的《尚书》《庄子》等先秦文献,都有对梧桐树记载。春秋时期,吴王夫差建梧桐园,于园中植梧桐树。南朝梁任昉《述异记》载:"梧桐园在吴宫,本吴王夫差旧园也,一名琴川。"

在我国文学史上,《孔雀东南飞》是第一部长篇叙事诗,也是乐府诗的高峰之作,它与北朝的《木兰诗》,称为"乐府双璧"。一个凄婉故事,一曲唱绝千古悲歌。

两家求合葬,合葬华山傍。东西植松柏,左右种梧桐。枝枝相覆盖,叶叶相交通。中有双飞鸟,自名为鸳鸯。仰头相向鸣,夜夜达五更。行人驻足听,寡妇起彷徨。多谢后世人，戒之慎勿忘。

古代传说中梧为雄树，桐则是雌树，它互相依靠，共患难，不抛弃，不相离。梧桐枝干挺拔，根深叶茂，交罗密阴，象征忠贞爱情。

梧桐是观赏植物，植于庭园和宅前，或种人行道两边。我国梧桐树和白杨树相似，树干笔直，可用于制作古筝琴身。

深秋时节，梧桐树下，辘轳金井旁，落叶满地。树木入秋而变，人见秋色而愁，旧愁之上又添新愁。五代十国时南唐国君李煜写下《采桑子·辘轳金井梧桐晚》：

辘轳金井梧桐晚，几树惊秋。昼雨新愁，百尺虾须在玉钩。琼窗春断双蛾皱，回首边头。欲寄鳞游，九曲寒波不溯流。[1]

诗人观察落叶飘零景象，借景抒情，发出惋惜和感慨，咏叹自己身世。秋天风雨中，景中蕴情，述说自己的无限愁绪。落叶并非树木衰老的表现，而是树木适应环境，进入耐寒休眠期，准备新春萌发。在唐宋诗词中，梧桐作离情别恨的意象最多。白居易的《长恨歌》："春风桃李花开日，秋雨梧桐叶落时。"[2] 诗人

---

[1] 〔五代〕李煜著：《采桑子·辘轳金井梧桐晚》，引自傅融注译：《梧桐深院——南唐二主长短句》，第133页，沈阳：万卷出版公司，2011年版。

[2] 〔唐〕白居易著：《长恨歌》，引自《唐诗三百首评注》，济南：齐鲁书社，2001年版。

以昔日的盛况和眼前凄凉作对比，描写唐明皇因安史之乱失去杨贵妃后的凄凉境况。

古人把梧桐和凤凰联系在一起，人们经常说："栽下梧桐树，自有凤凰来。"以前殷实之家，常在院子里栽种梧桐，梧桐有气势，是祥瑞的象征。民间传说，凤凰喜欢栖息梧桐树上，实际上，是人们对美好生活的希望。

汪曾祺关注梧桐树，四季的变化，一枚飘落的叶子，都能引出他对人生的思考。他伏案写下关于梧桐的文字。他对梧桐树的感情，并非是小资情调。他经常观察梧桐树，不管天气如何变化，见其展现各种风姿。

从叶子发生的变化，感受春天远去，夏季悄悄来临。新嫩的绿，由童年长成大人，迎接风雨吹打。粗壮的梧桐树的性情，和它的模样相配，直来直去，有一不说二。现代散文家周作人，对梧桐有自己的看法：

> 其实梧桐也何尝一定吉祥，假如要讲迷信的话，吾乡有一句俗谚云，"梧桐大如斗，主人搬家走"，所以就是别庄花园里也很少种梧桐的，这实在是一件很可惜的事。梧桐的枝干和叶子真好看，且不提那一叶落知天下秋的兴趣了。在我们的后院里却有一棵，不知已经有若干年了，我至今看了它十多年，树干还远不到五合的粗，看它大有黄杨木的神气，虽不厄闰也总长得十分缓慢呢。因此我想到避忌梧桐大约只是南方的事，在北方或者并没有这句俗

谚，在这里梧桐想要如斗大恐怕不是容易的事罢。[①]

夏天来到，热气逼人，人们找凉快地方躲避毒辣的太阳。梧桐树的叶子展开，层层叠叠，形成阴凉地。梧桐树的绿叶，给人带来很多的情趣，让人在绿意中享受凉爽。

秋天时节，汪曾祺关注梧桐树，见其经历生与死转换，曾经密实的叶子，一片片被风剪刀裁掉。他眼见梧桐树叶子从青春期走近暮年的样子：落光叶子，梧桐露出枯瘦的枝干，它伸向天空，似乎在乞求什么，神情凄惨。叶子上的颜色，初绿变成墨绿，季节交替中，由墨绿变焦黄。北风无所顾忌地刮起，挥动残酷的大扫帚。梧桐树黄叶脱离枝头，先是一两片，接着纷纷掉下，后来枝头空了，剩下几根光秃的枝干，寒风中，梧桐树变成悲惨模样。他是想念一树绿色和生命旺盛的叶子的。梧桐落叶早，却不是很快落尽。他读过《唐明皇秋夜梧桐雨》，是元代文学家白朴创作的杂剧。

剧中讲述唐玄宗不理朝政，和杨贵妃，每天喝醉酒，头脑昏沉，糊里糊涂地过日子。二人在长生殿乞巧盟誓，又在兴庆宫沉香亭观赏《霓裳羽衣舞》。突然接报安禄山叛乱，唐玄宗携杨贵妃和宰相杨国忠，以及诸皇亲国戚和心腹宦官，离开繁华的京城长安，逃往四川。第二天晚上行至马嵬驿时，军士杀了祸国殃民的杨国忠，逼迫唐玄宗处决杨贵妃。叛乱后，唐玄宗退为太上皇，沉浸在悲痛中，每天哭祭杨妃画像。有一天夜里，他梦见与杨妃团聚，却

[①] 周作人著：《两株树》，引自《知堂美文选》，第72～72页，长沙：岳麓书社，2017年版。

让外面下雨声惊醒。雨滴密实，打在梧桐树叶上，发出清脆的声响，撕破雨夜寂寞，凄清的声音，增加了唐玄宗的郁闷。

这部戏被誉为元杂剧四大悲剧之一，其情节设计巧妙，戏剧冲突富于变化，顿挫波折，文辞美妙，具有很强的抒情性。

汪曾祺依据亲身体验和剧中文字的分析，深秋后梧桐有叶子，不然雨落在光秃的枝干上，怎么发出声音，使多情皇帝伤感。在他的印象中，梧桐叶飘落，已经深秋，树叶干枯。一夜狂风大作，第二天清晨起来，会见满地的梧桐叶，树变得孤独起来，枝头上一片叶子也不见了。他在北京生活多年，对皇城有感情，想必也听过老北京的歌谣《梧桐树》：

梧桐树，开白花儿，它妈养活个大糖瓜儿，多会儿娶？头腊八儿。谁帮轿？俩老道。谁坐席？他二姨。谁吃酒？俩黄狗。谁烧香？俩姑娘。几个盘儿？俩豆芽儿。几个碗儿？俩花卷儿。①

儿歌古老，写出旧时北京的婚庆习俗，语言幽默，让人听后忍不住发笑。汪曾祺听着纯真的歌谣，忆起过去的事情，这是他文字的重要部分。

汪曾祺的外祖父治家有方，房屋里外收拾得利落，窗子擦得干净。有几间空下的房子，外面种着几棵梧桐，室内布置得大方

---

① 冯蒸编著：《余音回响——老北京俗语民谣述闻》，第250页，北京：商务印书馆，2018年版。

得体,有木榻、漆桌和藤椅。接待客人的地方,平时人少,比较安静。这几间朝北的房子,夏天凉快。南墙上挂着横幅"无事此静坐",五个正楷大字。他外祖父很少到这里,反而汪曾祺倒经常来,他拿着一本闲书,无人打扰,在此度过许多时光。

我很欣赏这五个字的意思。稍大后,知道这是苏东坡的诗,下面一句是:一日当两日。事实上,外祖父也很少到这里来。倒是我常常拿了一本闲书,悄悄走进去,坐下来一看半天。看起来,我小小年纪,就已经有一点儿隐逸之气了。

静,是一种气质,也是一种修养。诸葛亮云:"非淡泊无以明志,非宁静无以致远。"心浮气躁,是成不了大气候的。静是要经过锻炼的,古人叫做"习静"。唐人诗云:"山中习静观朝槿,松下清斋折露葵。""习静"是一种道家功夫,习于安静确实是生活于扰攘的尘世中人所不易做到的。静,不是一味地孤寂,不问世事。我很欣赏宋儒的诗:"万物静观皆自得,四时佳兴与人同。"唯静,才能关照万物,对人间生活充满盎然的兴致。静是顺乎自然,也是合乎人道的。

大概有十多年了,我养成了静坐的习惯。我家有一对旧沙发,有几十年了。我每天早上泡上一杯茶,点一支烟,坐在沙发里,坐一个多小时。虽是端然坐,然而浮想联翩。一些故人往事、一些声音、一些颜色、一些语言、一些细节,会逐渐在我的眼前清晰起来、生动起来。这样连续坐几个早晨,想得成熟了,就能落笔写出一点东西。

060 汪曾祺和他的植物

> 我的一些小说、散文，常得之于清晨静坐之中，"静思往事，如在目底"。我觉得这是最好的创作心理状态。就是下笔的时候，也最好心里很平静，如白石老人题画所说："心闲气静时一挥。"

汪曾祺出生在书香门第，祖父和父亲身上具有淡泊"隐士"的性情。他自小感受到亲情的温暖，在快乐中成长。父辈做人处事，心胸开阔的豁达态度，以及济世和素朴精神，深扎在他稚嫩的心中。

汪曾祺的个性体现出江南文人中和的精神，这不仅表现在其文字审美意识中，还渗透在其思想和行为之中。他走南闯北，经历各种文化的碰撞和融合，越来越突出地表现江南文人的特点，这为他的人生构起重要支撑。

他的小学校园，有几棵大梧桐树，一场大风后，孩子们发现新奇的玩物，哄抢地上落的梧桐叶。他们有目的地捡，要的不是叶片，而是凸起的叶柄。梧桐叶柄的尾巴，稍微鼓起，形如小马蹄。它的纤维粗，适合用来磨墨。所谓磨墨，就是在砚台上注水，拿叶柄不断地磨蹭，把砚台上宿墨磨化。

孩子们喜欢用梧桐叶柄磨墨，似乎这样磨出的墨，写出的字与一般的不同，格外好看。每逢梧桐落叶的那段日子，孩子们增添了不少快乐，他们的书包里增加了宝贝——许多梧桐叶柄。梧桐落叶，不是什么好的东西，一点也不值钱。汪曾祺回想童年的梧桐落叶，每感其情，说，"这里凝聚着我们对于时序的感情。"他说了一句，这是"俺们的秋天"。

云南山茶花

二十世纪八十年代,城市建设向着现代化起步之时,全国各地涌起评选市花的热潮,昆明在当时也不例外。一九八三年,昆明市人大常委会经研究决定,将山茶花定为市花。山茶花,古时称为瑞花,排在云南八大名花之首。

一九八七年四月五日,六十七岁的汪曾祺,随着中国作协作家代表团抵达昆明,开始了云南边疆民族地区参观采访行。他先后到了武定、大理、楚雄、保山、腾冲各地,参加了芒市和德宏帕区泼水节。活动结束后,代表团返回昆明。他回到第二故乡,心情与众不同,几天中难以平静下来。他寻访"联大"旧址,重访过去生活的地方,回到老茶馆、金殿、黄土坡、白马庙、黑龙潭、西山和大观楼。汪曾祺重返昆明,听闻山茶花被定为市花,听朋友介绍山茶花现状,这种名贵花,又一次触动了他的作家心。

汪曾祺经常参加全国各地文学活动,耳闻目睹过许多城市选市花。他觉得这是件好事。现在人的意识大变,和过去大不相同。

每座城市选出市花,昭示着百姓生活的安逸和有希望,更重要的说明了国运兴旺发达。

关于市花,汪曾祺听过不同的声音,有些城市的市民对市花持不同的意见,方案一时定不下来。他在昆明待过几年,对这座城市有一定的了解,对于选市花,百姓不会有太大的争议。即使进行市民投票,大多数也会选择山茶花。

一九三九至一九四六年,汪曾祺在云南住了七年。准确一点说,除了昆明以外,只是去过呈贡,后来在黄土坡、白马庙,各住过大约两年。

汪曾祺追忆往事:"我在昆明待了七年。除了高邮、北京,在这里时间最长,按居留次序说,昆明是我的第二故乡。"昆明在他的记忆中,不是文化符号,它是改变命运的重要地方。他在昆明读书四年,又在郊外观音寺中学教书三年,直至一九四六年九月,离开昆明,又踏上远途,奔赴上海。

汪曾祺画过一幅茶花:宣纸上五朵艳丽的茶花,浓得化不开。题款云:"云南茶花天下第一,西山华亭寺有宝珠茶一本,开花万朵。"他的画和文字一样,简单中透出盛大精神,人到老年笔墨没有枯萎,却是感情饱满,色彩鲜浓,张扬生命活力。

云南山茶花是传统花木,或称滇山茶。树体较高大,阴浓匝地,叶阔大,花朵肥硕。山茶花期长,红色为主调,开时似火一般红,如荼那样白,热烈地绽放,深受人们喜爱。冬尽春来的交替季节,山茶花开放之际,为春天传递火红的信息。

山茶花许多地方都有,云南山茶花的地位,别处替代不了。陆游《山茶一树自冬至清明后著花不已》诗曰:

> 东园三日雨兼风,桃李飘零扫地空。
> 惟有山茶偏耐久,绿丛又放数枝红。

诗人写山茶花,耐寒长寿,花繁叶茂,迎风斗雨,屡开不败的可贵品质。每一个字精炼,风格与众不同,气势豪迈,平易流畅。清代文学家袁枚指出:"诗宜朴不宜巧,然必须大巧之朴;诗宜淡不宜浓,然必须浓后之淡。"[①]袁枚一个淡字,包含太多东西。

不顾清寒冷酷无情,茶花执着开放,这是顽强精神的体现,是一生的追求。有的山茶花高不过尺余,有的已经年过百岁,仍然一身朝气,绽放虹似的花朵。乾隆皇帝喜爱此花,写过《咏山茶》:

> 火色宁妨腊月寒,猩红高下压回栏。
> 滇中品有七十二,谁能一一取次看。

茶花燃烧寒冷,具有势不可挡的气势。云南山茶的品种多,不是任何人都能够看到的。

汪曾祺读张岱《陶庵梦忆·逍遥楼》,抄录其中一段话:

> 滇茶故不易得,亦未有老其材八十余年者。朱文懿公逍遥楼滇茶,为陈海樵先生手植,扶疏蓊翳,老而愈茂。诸文孙恐其力不胜范,岁删其萼盈斛,然所遗落枝头,犹

---

① 〔清〕袁枚著:《随园诗话》,第108页,长春:吉林文史出版社,2004年版。

自燔山熠谷焉。①

汪曾祺记得鲁迅说过张岱文章，夸张太多。此篇读起来有些夸张，但没有过火，写得极其到位，深得滇茶精神理致。遍游云南的明代地理学家徐霞客，关注滇茶花，他在游记《滇中花木记》中写道：

滇中花木皆奇，而山茶、山鹃为最。

山茶花大逾碗，攒合成球，有分心、卷边、软枝者为第一。省城推，重者，城外太华寺。城中张石夫所居朵红楼楼前，一株挺立三丈余，一株盘垂几及半亩。垂者丛枝密干，下覆及地，所谓柔枝也；又为分心大红，遂为滇城冠。②

汪曾祺知道昆明西山某寺有一棵大茶花，可能与记忆有关系，或故意留点悬念，让读者猜测。这个某寺，其实是华亭寺，在昆明西山华亭山腰，是云南著名的古刹。

西山是昆明的一座大山，华亭的名字，最早可追溯到五代大理国时期。一〇六三年，相传鄯阐侯高智升修建，他的后人高贤时，给山命名为华亭，从此以后，这便是高氏家族休闲的地方。华亭寺内种有名花古木，茶花众多，品种齐全，大都又高又大。

汪曾祺走进山门，越过门槛，走过屹立着四大金刚的门道，

---

① 〔明〕张岱著：《陶庵梦忆·逍遥楼》，第54页，济南：山东画报出版社，2006年版。
② 〔明〕徐霞客著：《徐霞客游记》，第396页，北京：中华书局，2016年版。

看见前面一片红色。山茶树高大耸天，看时必须仰头。大雄宝殿前石坪宽阔，一棵茶树占据石坪的小半部分。他以画家的眼光观察，一朵朵山茶花，汤碗般粗大。回味张岱"燔山熠谷"，不是夸张过劲，真的不错。据说这棵茶树，每年开三百多朵，在肥硕大叶的衬托下，显得异常热烈。大红大绿，方显旺盛的生命力。

山茶花华贵，透不出俗气，惹人注目。汪曾祺想到了，如果家乡人来看过，一定会大声叫绝："乖乖隆地咚！"山茶花开得太多，寺里的和尚怕茶花树，承担不起花的重量，预防为主，搭起杉木架子，四围支撑木条。

一九八七年三月十一日，汪曾祺创作《滇南草木状》，一共写九节，第七节写到了茶花，不到一百个字。

> 茶花已经开过了。遗憾。
> 丽江有一棵茶花王，每年开花万朵，号称"万朵茶花"——当然这是累计的，一次开不了那样多。不过这也是奇迹了。有人告诉过我，茶花最多只能开三百朵。

玉峰寺是丽江城郊五大喇嘛寺之一，在古城北十五公里处雪山岗南麓，与福国寺、普济寺、文峰寺、指云寺并列。

玉峰寺建于清朝康熙三十九年（1700年），寺内有三个院落，万朵茶花开于北院中。传说这里的茶树，是明朝成化年间种下的，先有山茶树，以后才建这座寺。山茶王已有五百多年历史，由两株不同品种的山茶嫁接，一棵叫狮子头，另一棵名为早桃红。每年立春后，山茶花争相吐艳，立夏时花朵凋谢。

汪曾祺说,"中国是茶花的故乡",茶花共分滇茶、浙茶两种。浙茶后来传到日本,再由日本传到美国。现在日本浙茶比中国的要好,美国浙茶传过来,却管理比日本好。但不管怎么说,云南的滇茶是任何国家都不能相比的。

汪曾祺喜爱山茶,云南山茶古代称为瑞花,这种叫法大气。

干果王栗子

栗子营养丰富,素有干果王的美称。民谚云:"七月杨桃八月楂,十月板栗笑哈哈。"板栗,它与桃、杏、李和枣,一起被称为五果。

汪曾祺描写栗子,让人闻到了其味,看见其形。栗子有斗,斗的外皮生出硬刺扎手。壳斗中有一颗扁的仁,叫作脐栗。他写的栗子,应该是扁平个大的板栗,我国北部多省种植。栗子香甜味美,自古就是珍贵果品。中医认为栗子具有多种功效,补肾健脾,强身壮骨,益胃平肝,因此栗子又有肾之果的美名。

栗子与红枣、柿子被称为"三大木本粮食"。我国是板栗故乡,栽培板栗的历史悠久,可以追溯至西周时期。《诗经》中记载:"栗在东门之外,不在园圃之间,则行道树也。"《左传》中也有"行栗,表道树也"的说法。表明在当时栗树或被植入园地,或作为道边树。

燕山山脉是我国北部著名山脉,燕山产的板栗与众不同,具有自己特点,皮薄仁厚。

汪曾祺记得家乡的风俗，人们将栗子放入竹篮里，挂在通风地方，吹几天以后，就成风栗子。其果肉微有皱纹，软乎乎的口感很好。这和吃生栗子不同，生的弄得人满嘴有碎粒。他读《红楼梦》时，书中写道：书中的贾宝玉为一件事生气，袭人过来打岔说："我只想风干栗子吃，你替我剥栗子，我去铺床。"① 吃风干栗子是老北京人的习惯。栗子采收时糖分没有转化，采摘后放阴凉处，风干一段时间，不需要弄熟，剥开皮就能吃，又香又甜。风干的栗子，可做粥、栗子鸡、栗子白菜，都是美味佳肴。

汪曾祺的家乡不曾有炒栗子的习俗，只是将之放入火里烧。冬天寒冷，屋子里有阴气，生起铜火盆，往炭火里扔几个栗子，不大会儿，"砰"的一声响，蹦出咧开嘴的熟栗子，是一乐事。刚拿出的栗子要在手中来回颠倒，否则会烫坏手。汪曾祺鼓起腮帮子吹气，让栗子快速冷却，然后剥掉烤熟的外壳，香喷喷的肉入口，香甜无比。

汪曾祺差不多算半个北京人，家乡口音已发生了变化。糖炒栗子他吃过很多，他说吃栗子讲究一点，还要良乡出产的，过去是贡品，西太后喜欢吃。良乡是北京郊区房山区的一个集镇，因此也叫房山板栗。良乡板栗个小，壳非常薄，果肉细腻，含糖量较高。

北京糖炒栗子历史悠久，辽代时期，就有糖炒栗子。郊区的燕山栗园街道，旧时有栗树园子，现在燕化公司东风果园内，原辽代普艺寺遗址旁，还有十余棵高大的古栗树，三人合抱搂不过

---

① 〔清〕曹雪芹著：《红楼梦》，第267页，北京：人民文学出版社，1985年版。

来。古栗树已有一千多年,证明北京很早就种植栗子。南宋陆游《老学庵笔记》中记述过关于炒栗子的故事。陈、钱是南宋的使者,二人出使金国。汴京炒栗高手李和,在外族入侵时家破业败,他的儿子带着炒栗绝技流落燕山。李和的儿子将炒栗子献给故国使者,表达对故国的眷恋。这个故事说明至少在南宋初期,炒栗子技艺从汴梁传入燕山一带。

糖炒栗子始于宋代。每逢入秋后,刚出锅的栗子,香味弥漫街头,吸引往来路人,深受大众喜爱。很早的时候,在北京和天津一代,就流传赞美糖炒栗子诗:

堆盘栗子炒深黄,客到长谈索酒尝。
寒火三更灯半灺,门前高喊"灌香糖"。

从前的时候,每年秋天糖炒栗子上市,小商贩就挑着担子,走街串巷四处流动。担架上是炒栗子的家伙什,挂着红纸写的"真正良乡栗子"牌子,夜晚时分,不能摸黑做买卖,为了不误营业,还要挂一盏油灯。清代"北京竹枝词"有诗一首赞栗子:

街头炒栗一灯明,榾拙烟消火焰生。
八个大钱称四两,未尝滋味早闻声。

老北京糖炒栗子现炒现卖。早年间,栗子商人在店门前垒起炉灶,上面架起大铁锅,生栗子与铁砂放入锅内,撒上饴糖汁,铁锹不断翻炒。炒熟的栗子倒入木箱子里,拿棉垫捂严实。店主大声吆喝："唉，良乡的栗子咧！糖炒栗子哟！"听到吆喝声，爱吃糖炒栗子的人肚子里就像有条小虫子爬，顺着声音奔来。空气中，飘着热栗子香味。

清代人郭兰皋《晒书堂笔录》中说："及来京师，见市肆门外置柴锅，一人向火，一人高坐机子上，操长柄铁勺频搅之，令匀遍。"他记录就是炒栗子时的情景。

汪曾祺在昆明待过七年，他对比过南北不同风味的糖炒栗子：北京糖炒栗子，前面有个糖字，并不放糖。昆明的糖炒栗子真放糖。昆明栗子个大，大锅支在店铺门外，炒栗子的粗砂粒大，边炒边往锅里倒糖水。昆明的炒栗子，栗肉让糖汁浸透，外壳黏糊糊的，吃完以后，手上粘满糖汁。

老北京糖炒栗子，名气大的有西单北大街的"公义号"，前门大街五牌楼南路东"通三益"，据说当年专为清宫进奉糖炒栗子。袁世凯五姨太杨氏喜欢吃糖炒栗子，就派人上"通三益"买栗子。此外，还有大栅栏西口路北"聚顺和"，大蒋家胡同西口外路东有"信义源"。老北京人恋旧，大户人家讲究吃老字号炒栗子。一个"老"字，意味深长，吃起来味道不同。

宋代文学家林洪撰写的《山家清供》，可谓一本奇书。它专述宋人山家饮馔，记载近百种清供的制法。其中有一道《雷公栗》：

夜炉书倦，每欲煨栗，必虑其烧毡之患。一日马北麀逢辰曰："只用一栗蘸油，一栗蘸水，置铫内，以四十七栗密覆其上，用炭火燃之，候雷声为度。"偶一日同饮，试之果然，且胜于沙炒者。虽不及数，亦司矣。①

晚上围炉读书，煨些栗子当作夜宵，又能解除困意，唯一担心的，怕引燃毡席。洪林说的办法，十分安全。

汪曾祺是美食家，自然不甘落后，他说过去北京小酒铺卖煮栗子，吃法特别，口角生津。栗子拿刀切开小口，加适量的水，放花椒大料煮透，是下酒的好东西，可惜现在看不到有卖的了。民俗学家邓云乡写，"使我最怀念的是'大酒缸'的卤煮五香栗子"②。

结束劳动改造的生活，汪曾祺回到北京国会街五号院，终于和家人团聚在一起。他很快熟悉了周围的环境。最近的一家酒铺，在宣武门天主教堂的门前，是一间窄长的旧平房。汪明是汪曾祺长女，她回忆父亲去小酒铺。

爸结束了"右派"生涯，从沙岭子回到北京时，我们家住在国会街。他用很短的时间熟悉了周围的环境，离家最近的一家小酒铺成了他闭着眼睛都找得到的地方。酒铺就在宣武门教堂的门前。窄而长的一间旧平房，又阴暗，又潮湿。一进门的右手是柜台。柜台靠窗的地方摆了几只酒坛，坛上贴着红纸条，标出每两酒的价钱：八分，一毛，一毛三，一毛七酒坛的盖子包着红布，显得古朴。柜台上

---

① 〔宋〕林洪著：《山家清供》，第165页，北京：中华书局，2015年版。
② 邓云乡著：《旧京散记》，第262页，南京：江苏文艺出版社，2006年版。

排列着几盘酒菜,盐煮花生、拍黄瓜。门的左手是四五张粗陋的木桌,散散落落的酒客:有附近的居民,也有拉板车路过的,没有什么体面的人。①

汪曾祺大女儿,描绘小酒铺的情景,写出了汪曾祺在这里找到了许多快乐,并感受人世间冷暖。

栗子引起汪曾祺对过去的怀念,他想起父亲的白糖煨栗子,还加入桂花,味真美。

---

① 汪朗,汪明,汪朝著:《老头儿汪曾祺——我们眼中的父亲》,2004年。

后园的香橼

皮黄色或黄绿色，边缘呈波状，椭圆形果子，有一个好听名字，称谓香橼。小乔木分枝多，株形直立，属于普通树种。

汪曾祺喜欢这种树木，回首老家后园，在土山上不知是那一年有的。在它的东边有两棵碧桃，一红一白，春末开花繁盛，花朵丰腴，色彩鲜艳丰富。土山上种了四棵香橼，弄不明白祖父当初的寓意，开园堆山时，为何栽这样几棵树。香橼结实的树，木质坚硬，树皮紧细光滑，树枝有硬刺，春天开白色花，结椭圆形的果，瓤酸涩却很香。他有自己道理，认为"凡花果之属有香气者，总要带点甜味才好，香橼的香气里却带有苦味"。香橼不娇气，又很勤奋，满树结果子。香橼算他家特产，摘下可以送人，但感觉不大受欢迎。冬天来了，清寒中香橼皮色变黄，放在盘子里，摆在水仙花旁边，作陪衬总算有点意思，这时已近春节了。

后园的香橼　075

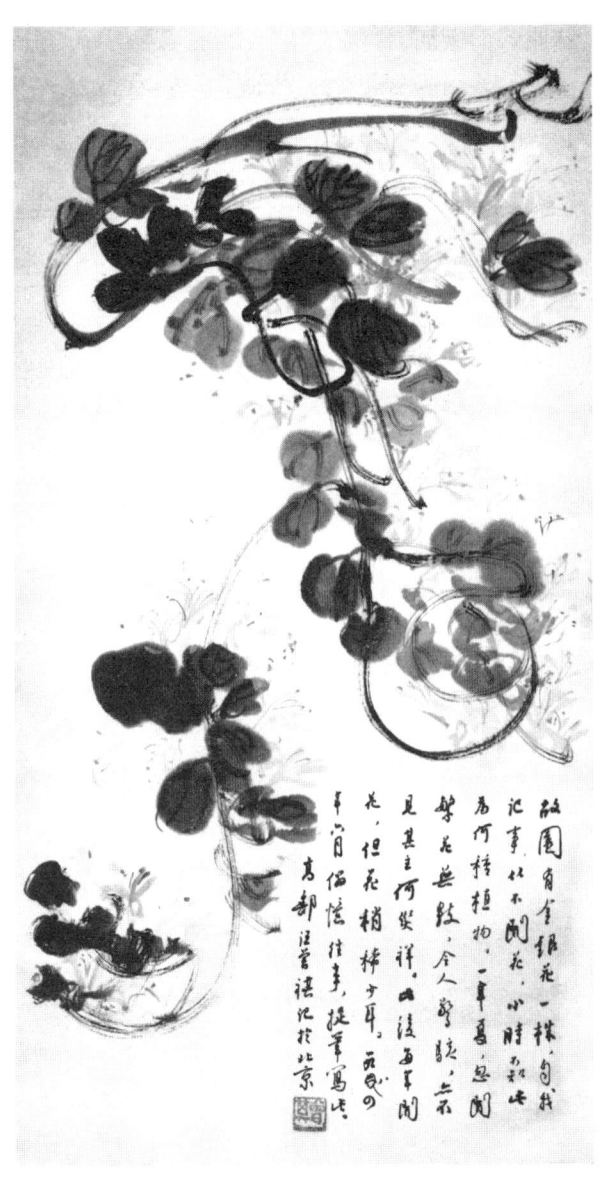

香橼不能直接吃,却是很好的中草药材,许多人不懂。其干片清香,味略苦而微甜,性温无毒。香橼皮晒干切片,就是中药枳壳。

乾隆十七年(1752年)秋天的时候,郑板桥辞去官职,他未马上离开潍县,而是在郭家南园旧华轩住了半年多,第二年春天,他返回故乡扬州。在郑板桥与郭氏兄弟交往的日子里,他喜欢郭家南园。他有一幅《题巨幅竹图》题诗:

七载春风在潍县,爱看修竹郭家园。
今日写来还赠郭,令人常忆旧华轩。

诗中"郭家园"指的是郭家南园。私家园林南园,在县署东南天仙宫东,曾经是明嘉靖名臣刘应节的庭园。天启年间,归户部尚书郭尚友,新建旧华轩、松篁阁、知鱼亭、来风轩。转到郭一璐以后,重新修葺。郑板桥在潍县时,郭一璐的侄子伟业、伟勋兄弟成为园子的主人。在郭家受到了细心照顾,过年期间,赶上郭母刘老夫人寿诞,郑板桥特意选购绿橘、香橼和橄榄三种南方水果,作为献给刘老夫人的寿礼,并赋诗一首:

江南年事最清幽,绿桔香橼橄榄收。
持赠一盘呈阿母,可能风景似瓜州。

郑板桥在潍县做官七年,与当地许多人交往,感情最深的是郭氏家族人。郭氏为当地四大世家望族,郑板桥在任时,郭尚友之孙郭一璐任江西饶州知府,其两个侄子郭伟业、郭伟勋为潍县名士，擅长诗词歌赋和书法篆刻。他们与郑板桥兴趣相同，因此很投缘，天长日久，成为要好的朋友。郭氏兄弟的母亲刘老夫人的老家，在扬州以南瓜州，她与郑板桥是扬州老乡。这些使他们的关系更加密切。

一九四〇年十一月二十一日，汪曾祺创作乡土小说《悒郁》的草稿。里面有一段关于香橼的内容。

> 银子回去了，她听得妈妈叫"银子，银子——回——来——啵——"的声音，渐渐归去了，妈也晓得银子一定会听见的，她只是不答应罢了。其实她正心中想到好笑：一天银子银子的叫，应当发一百万财！可是一个金戒指还换掉了。
>
> 隔山有人吹着芦管，把声音拉长，把人的心也好像拉长了。她痴了一会儿，很想唱唱歌，就曼曼的唱着：
>
> 第一香橼第二莲，第三槟榔个个圆。
>
> 第四芙蓉五桂子，送郎都要得郎怜。

汪曾祺记得老家后园，菜畦的东边，有一条砖铺小路。砖路尽头，长着一棵木瓜，一棵矾杏，一棵柿树，它们很少结果。

小树林的外面，有一座船亭，"这是祖父六十大寿头年盖的"。船头朝向东面，两边的墙上，各开了一扇海棠形状窗户。祖父当时盖船亭的想法，其实简单，无特殊寓意，只是"无事此静坐"。汪曾祺来这里次数不多，坐过几次，平常不怎么来，门经常锁着。透过正面的玻璃窗子，看清铁梨木琴几上，"摆着几件彝器，几把檀木椅子，"清净闲适，与祖父建船亭的想法吻合。

船亭对面，有一棵枝条飘逸柳树，旁边是高高的花坛。上面栽不少花，无人料理变得凄清，后来只剩下一棵石榴，还有一丛鱼儿牡丹。鱼儿牡丹开着一串串粉红的花，鸡心形的花，恰似童话中的植物。

秋山顶有两棵龙爪槐，一棵在东，另一棵在西。汪曾祺常去西边的一棵，那是读书好去处。爬上去，选结实的树干坐好。树皮灰褐色的龙爪槐，枝垂披叶旁枝横出，这是他的地盘，很少有人打扰，"常常带了一块带筋的酱牛肉或一块榨菜，半躺在横枝上看小说，读唐诗"。土山外是一道墙，那里有一个尼庵，经常看见小尼姑从井里打水，然后浇菜地。尼姑与别处不同，带发修行，坐树上，从高处望去，能看见小尼姑一头黑发。

第二辑　花草

唯有绿荷红菡萏

高邮是有名的水乡平原,依临京杭大运河,有诸多湖滩,数百条河流交错纷杂,物产丰富。汪曾祺生长在水边,影响了他的性格和作品风格,他接受法国人安妮·居里女士采访,他说:"我的家乡是一个水乡,我是在水边长大的,耳目所接无非是水。水影响了我的性格。"人文环境影响人成长,也是人审美个性形成主要因素,汪曾祺的很多作品写水,这是他的灵魂。

汪曾祺家中种两缸荷花,下面的藕瘦,节间也长,颜色黄褐,叫做藕秧子。缸在江南很多人家都有,养上几株荷花,几条金鱼,摆天井中,增添许多乐趣。他对缸印象深刻。家中另外一口大缸能放五担水,用来腌青菜、芥菜与辣菜。

"出淤泥而不染,濯清涟而不妖。" 北宋五子之一,理学家周敦颐写出这一名句,从此荷花成为君子花。《尔雅》记载:"荷,芙蕖,其茎茄,其叶,其本密,其画菡,其实莲,其根藕,其中菂,菂中薏。"西汉时期,乐府歌辞盛行,产生许多采莲曲。歌舞者衣红罗生色绰子，系晕裙，乘着莲船，手中执莲花，边唱歌，边跳舞，尽情欢乐。民间针对荷花有各种活动，早在宋代，每逢六月廿四，人们都会去荷塘泛舟赏荷，避暑乘凉。

我国自古喜爱莲花，农历六月二十四，称为荷花生日，即古时观莲节。这一天有划船、观莲等活动，用纸作灯内放蜡烛，点亮后放水面漂浮，让它随波流而去。饮食文化中，荷花的地位特殊，唐代荷包饭流传至今，是人们喜爱的传统美食。藕和莲子食用，莲子、根茎、藕节、荷叶可入药。

山水园林中，荷花是不可缺少的主题植物，江南的许多名园，大都有荷花建筑。建在扬州瘦西湖堤上的荷花桥，又叫五亭桥，上面建有五座特色风亭，恰似五朵出水莲花。这座桥建于清乾隆二十二年（1757年），距现在有两百多年，它成为瘦西湖的标志。它与湖中荷花相映成趣，是观风景的最佳处。岳阳金鹗公园的荷香坊依水而建，曲折的栏杆，相互贯通。水汽中弥漫荷的清香，尤其雨中打着油纸伞，漫步廊中赏荷，别有一番韵味。

汪曾祺的父亲性格随和，交朋结友，各个阶层都有，相处得都很好。受父亲的影响，汪曾祺幼年时受到了良好的艺术熏陶。他在成长中打开眼界，看过不同性格、不同阶层的人物，生活经历成为他后来的写作素材。他的父亲画过工笔花卉，后来画写意，笔墨受吴昌硕影响，他看过大师笔下的荷花。清光绪三十一年（1905年），吴昌硕六十二岁，创作《荷花图》，荷叶以泼墨法绘出，荷花新奇，以胭脂加水晕染，娇嫩艳丽，荷花争先恐后地开放，花意欲滴。

082　汪曾祺和他的植物

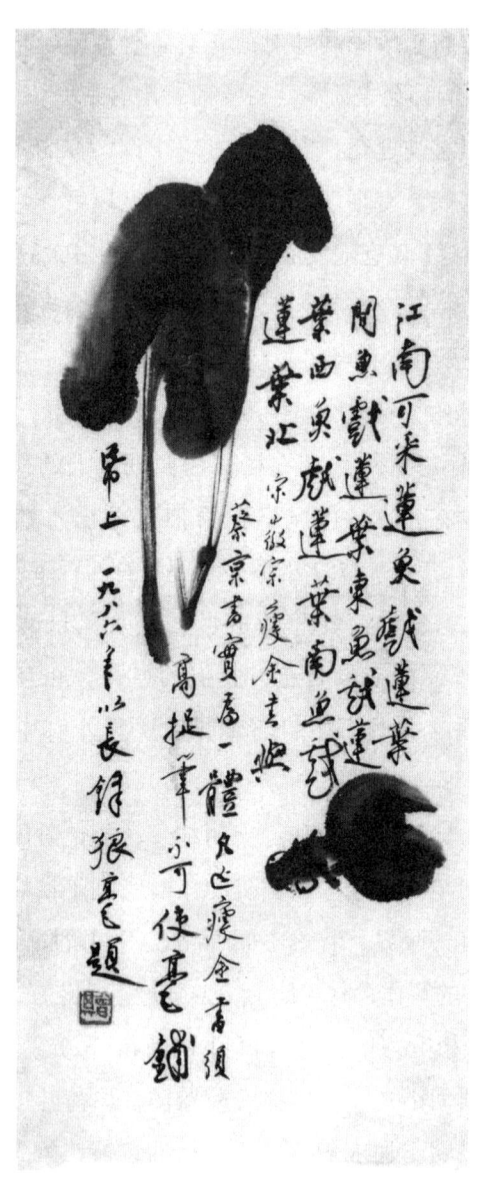

汪曾祺所说："我画画，没有真正的师承。"父亲作画时，他在一旁观看如何用笔，怎么在宣纸上布局，"用指甲或笔杆的一头划几道印子，画花头，定枝梗，布叶，勾筋，收拾，题款，盖印"。他送给中国艺术研究院崔自默一幅《荷花图》。

那幅作于一九八八年题为"人民代表大会"的雏鸡图上钤有"唱罢莲花又一春"章。此章长方形，朱文，工细中略带粗犷，印文源于汪先生自题漫画像的小诗"近事模糊远事真，双眸犹幸未全昏。衰年变法谈何易，唱罢莲花又一春"。印章由中国艺术研究院崔自默先生所刻，边款题"汪老大雅正之丁丑自默"。崔自默拜会汪家，将印章送给汪先生的同时，亦得到汪先生题赠的《荷花图》。让人慨叹的是过了没多久汪先生驾鹤西去，此画遂成绝笔。崔自默原本打算还要请汪先生喝酒、送汪先生瓦当的，但都没来得及。在汪先生的追悼会上，他作"半盅水酒成早梦，一束莲花祭仙魂"挽联，表达了无边的遗憾。[①]

汪曾祺生活经验丰富，家中养荷，缸底要铺上一层马粪，大约半尺，将藕秧子盘马粪上，倒进河泥。经过几天阳光暴晒，河泥干裂，出现一条条缝隙，放入清水，漫至缸沿上。一个星期后，发现小荷叶的芽嘴钻出来。只要有了生命，就不愁生长，过不了多久，荷叶一天天长大，结出花骨朵。

[①] 段春娟著：《汪曾祺的几方闲章》，原载《光明日报》，2017年4月7日。

汪曾祺画荷,文章中写荷。他观察荷花的变化,稚嫩的小莲蓬,有很多花蕊,散发清淡气息。

雨天荷花别有韵致,雨滴荷叶上,发出清脆响声。雨停歇,荷叶滚动雨珠,挂在叶檐边,不一会儿滴落下去。如果风大,刮得荷叶倾斜,雨水就会泼泻下来。

泰山绣球花

绣球花，有一串好听的名字。其花形硕大而美丽，花色能红能蓝，让人产生美好的想象。汪曾祺读周天民编绘的《花卉画谱》：

> 绣球，虎儿草科，落叶灌木，高达一二丈，干皮带皱。叶大椭圆形，边缘有锯齿。春月开花，百朵成簇，如球状而肥大。小花五出深裂，瓣端圆，有短柄，其色有淡紫、红、白。百株成簇，俨如玉屏。

汪曾祺未弄清楚，绣球花究竟几瓣，感觉是个大花球。他画绣球，凭主观想法画，花瓣挤在一起，分不出哪一朵。

绣球花不娇贵，非常好养，不需要上料肥、经常浇水和修枝，很少发现长虫子。时间一到，它就开出白雪似的大花，异常灿烂。

汪曾祺走南闯北，遇见过许多的绣球花，在泰山遇到的最好。他说在五大夫松附近的茶馆，院子里的石凳上，摆着十几盆开放绣球花，个头不算大，豆绿色花瓣较厚。

公元前219年，秦始皇东巡泰山时，遇上狂风暴雨，山上无处可避，只能躲一棵松树下。松树枝叶浓密，为秦始皇避雨有功，得到了奖赏，被封为五大夫爵位。五大夫是秦朝官一阶品名，被封的松树只有一株。到了唐朝以后，陆贽《禁中青松》有"不羡五株封"的诗句，很多人误会，将此事理解为五株松树。明万历九年（1581年），明代文学家于慎行《登泰山记》中云："松有五，雷雨坏其三。"所剩的两株，又于万历二十三年（1602年）被山洪冲走。《泰安县志》载曰："雍正八年（1730年）正月内奉旨钦差大臣丁皂保补植松树五株。"现存两株，接近三百年树龄。

汪曾祺坐在茶馆中喝茶，呼吸着清新空气，听山谷中传来鸟鸣。他望着远处五大夫松，回味历史上的事情，身边又有绣球花相伴。一行人在交流中，彼此留下深刻印象。

一九九一年，汪曾祺七十一岁。这年七月，他与林贤治、邵燕祥、杨羽仪、杨闻宇、张抗抗、蓝翎等十八位作家，参加泰山管委会与百花文艺出版社联合举办的"泰山散文笔会"。

他第三次走进泰山，前两次为创作京剧《沙家浜》，是带着政治任务而来，"要学那泰山顶上一青松"，感受新四军伤病员，怎么成为十八棵青松。

> 我是写不了泰山的,因为泰山太大,我对泰山不能认同。我对一切伟大的东西总有点格格不入。我十年间两登泰山,可谓了不相干。泰山既不能进入我的内部,我也不能外化为泰山。山自山,我自我,不能达到物我同一,山即是我,我即是山。泰山是强者之山,——我自以为这个提法很合适,我不是强者,不论是登山还是处世。我是生长在水边的人,一个平常的、平和的人。我已经过了七十岁,对于高山,只好仰止。我是个安于竹篱茅舍、小桥流水的人。以惯写小桥流水之笔而写高大雄奇之山,殆矣。人贵有自知之明,不要"小鸡吃绿豆——强努"。

人应与自然和谐相处,而不是征服。汪曾祺七十多岁了,第三次登泰山,心情自然不一样,对山的感受也不会相同。他面对名山,道出内心的世界。汪曾祺的父亲才华横溢,擅长字画、音乐,汪曾祺回想过去说:

> 我父亲是个多才多艺的人,他会画画,会刻图章,还会弄乐器。他年轻时曾花了一笔钱到苏州买了好些乐器,除了笙箫管笛、琵琶月琴,连唢呐海笛都有,还有一把拉梆子戏的胡琴。他后来别的乐器都不大玩了,只是拉胡琴。他拉胡琴是"留学生"——跟着留声机唱片拉。他拉,我就跟着学唱。我学会了《坐宫》《玉堂春》《汾河湾》《霸王别姬》……我是唱青衣的,年轻

时嗓子很好。

汪曾祺打小对京剧就产生了浓厚兴趣，也看过很多戏。上了西南联大之后，他和同学中的"票友"经常一起唱京剧。他还参加了昆曲的曲社。

他住的二十五号宿舍，聚集着兴趣相投的同学。他们拉二胡、吹笛子、高声练唱。他和朱德熙、王年芳被称为"联大三杰"。他唱得大多是昆曲，他还和几位同学一起组织了昆曲研究会。后来陶光调去云南大学中文系任教，组织一些学生在"云大"晚翠园做"同期"，他是其中的重要人物。

汪曾祺老家高邮，有一座东岳庙，在他家不远处。汪曾祺去东岳庙不是上香拜佛，而是去看戏。他家乡是小县城，平时无娱乐活动，只有到了过节才有，或上亲戚家参加婚丧庆吊，再就是看戏。小时候他好凑热闹，听见哪里锣鼓敲响，就钻进去看一会儿。他看过戏的地方很多，印象较深的：一处是泰山庙，供着东岳大帝。大殿前空旷，有一块很大的砖铺坪地，对面一个戏台。戏台在孩子的眼中很高，台下面能走人。"每逢东岳大帝的生日——我记不清是几月了，泰山庙都要唱戏。约的班子大都是里下河的草台班子，没有名角，行头也很旧。"

一九三二年暑假时，汪曾祺的三姑父孙石君，给孙家孩子和汪曾祺请了家庭先生。这位家庭先生叫韦子廉，别号鹤琴，身材修长，容貌清瘦。韦子廉先生让汪曾祺每天写《多宝塔碑》，大字一页。韦所教古文全是桐城派的，方苞的《狱中杂记》《左忠毅公逸事》，姚鼐的《登泰山记》，都教授他，对其一一解读。

汪曾祺背诵过姚鼐的《登泰山记》，"苍山负雪，明烛天南"。这使他对泰山产生了很大的兴趣。

第三次来泰山，汪曾祺以作家身份，没有任何重任在身，拥有真正的快乐。

中溪宾馆在泰山的中天门，是此次笔会作家们的下榻处。汪曾祺喜欢宾馆里的一条小路，它通往幽深僻静的地方。树木环抱两层楼客房，小庭院中林木多，遍地花草。院子里种着各种灌木，院子西头有一座石造方亭，突出于山岩外，下临谷壁。亭中设有石桌和石凳，坐在亭子里眺望四野，人同山融为一体。他高兴地用四川话说，这里真"安逸"。

来泰山的第二天，汪曾祺早早地起来，推开客房门，走出楼的大门，他被眼前的大雾惊呆了。雾一堆堆在峰谷间移动，一会儿浓，一会儿淡，浓雾掩没诸山。早饭后，雾缓慢散去，群山经过雾的洗浴，披挂一新。

从中溪宾馆往上去，过了斩云剑、快活三里，就到了云步桥。桥创建于哪个年代无从考证。原来是一座木桥，名叫雪花桥。民国年间改建石桥。此处山谷深远，林木繁盛，常有云雾缠绕，杨承训题名为"云步桥"。桥北大沟面临断崖，石壁直立，刀削过似的。崖上有一块石坪，平整而开阔，传说宋真宗曾住过这地方，所以称作御帐坪。岱顶下有许多溪流汇集而来，形成一条挂瀑布，飞溅的水珠，冷却化雾蒸发成云，变作盛大的景象，又名飞瀑岩、天河、护驾泉。崖上有"红桥飞瀑""霖雨苍生""河山元脉""太古清音"等题刻。明代陈凤梧赋诗曰：

百丈崖高锁云烟,半空垂下玉龙涎。
天晴六月常飞雨,风静三更自奏弦。
苍水佩悬云片片,珠帘洞织月娟娟。
晚山倒着肩舆下,回看斜阳景更艳。

汪曾祺在云步桥上欣赏大山,听清脆山泉和松涛声。从中溪宾馆下山,散步走出去,可以达廻马岭、壶天阁,看程咬金亲手栽植的四槐树。从那里还可以俯望柏洞、红门、斗母宫和万仙楼。汪曾祺喜欢中溪宾馆,院子里没有看见好花,也无茶馆中遇上的绣球花。泰山有一百多种能吃的野菜,这些都是天然的,带着清晨露珠。凡上桌的野菜,吃时采都来得及,十分方便。

伙食很好,餐餐有野菜吃。十年前我到泰山,就吃过野菜,但不如这次多。泰山可吃的野菜有一百多种,主要的有三十一种。野菜不外是两种吃法,一是开水焯后凉拌,一是裹了蛋清面糊油炸。我们这次吃过的野菜有这些:

灰菜(亦名雪里青,略焯,凉拌。亦可炒食,或裹面蒸食)
野苋菜(凉拌或炒)
马齿苋(凉拌或炒)
蕨菜(即藜,焯后凉拌)
黄花菜(泰山顶上的黄花菜淡黄色,与他处金黄者不同,瓣亦较厚而嫩,甚香。凉拌或炒,亦可做汤)

藿香（即做藿香正气丸的藿香。山东人读"藿"音如"河"，初不知"河香"为何物，上桌后方知是一味中药。藿香叶裹面油炸）

薄荷（野生者。油炸，入口不凉，细嚼后有薄荷香味）

紫苏（本地叫苏叶）

椿叶（香椿已经无嫩芽，但其叶仍可炸食）

木槿花（整朵油炸，炸出后花形不变，一朵一朵开在瓷盘里。吃起来只是酥脆，亦无特殊味道，好玩而已）

宾馆经理朱正伦把野菜移栽在食堂外面的空地上，要吃，由炊事员现采，故皆极新鲜。朱经理说港台客人对中溪宾馆的野菜宴非常感兴趣。那是，香港咋能吃到野菜呢！

汪曾祺笔会开得高兴，又与老友相聚，每天生活在一起。环境优美的宾馆，住在里面很舒服，让他找到了家乡的竹篱茅舍、小桥流水的感觉。

在泰山七日，六天住在中溪宾馆，汪曾祺对这里产生了感情，有归家的感觉。汪曾祺花两个晚上，为中溪宾馆写了一幅四尺横幅："溪流崇岭上，人在乱云中。"

为了观泰山日出，作家们在山顶神憩宾馆住了一夜。清晨睁开眼睛，见窗外挤满雾，几步之外，什么都看不见。汪曾祺和张抗抗要去逛天街，服务员熟悉山里的情况，好心相劝雾天不要去。天街原来有石坊,明人题额"升中",是古帝王祭天上告成功的意思,后来遭毁。北去原有清代乾隆皇帝行宫,东去有唐代文学家苏源明读书的地方。来一次泰山,也是一件不易事,既然来了总要看古迹。老天不作美,他们只得听话,不能乱走乱动,靠石栏上,吸着扑面的雾气。雾一堆堆地涌动,无孔不入,躲都躲不开。他不解地说,泰山的云雾大,有好山水为什么不种茶?

汪曾祺呼吸着浓雾,回想五大夫松附近的茶馆。雾中想起那些绣球花,人未离开泰山,油然生出怀念。不知道绣球的豆绿色,是泰山的水土使它变得这样,还是别样原因。有心的茶馆主人,将客人喝剩的茶水,从不白白倒掉,而是拿它用来浇花,盆面积了一层茶叶。泰山上看到的绣球,美得无法言说。他进茶馆总要坐在花前,看一会儿,不舍得马上离开。回到北京后,写下一首诗:

我从泰山归,携归一片云。
开匣忽相视,化作雨霖霖。

门前种株紫薇花

六十七岁的汪曾祺保持创作高峰状态,一九八七年二月二十一日,写出《紫薇》,三月十一日,创作出《滇南草木状》。短短二十天,他写有两篇关于紫薇的散文。

汪曾祺观赏过许多紫薇,从未见过很大的。在昆明鸣凤山麓金殿,两边各有一棵紫薇,挂着写有"明代紫薇"的木牌。他站在牌前端详,思绪波动,总结出三个字"似可信"。从树干根部看出,老得不成样子。他风趣地说"疙瘩流秋",这不是南方话,而是北方方言,这和长期他在北京生活有关。不过别看紫薇老,枝叶犹繁茂,开花绝不逊色。伸手指搔树干,怕痒树却无任何反应,难到树老了皮厚实,不再怕挠痒痒?

汪曾祺读过这方面的书,他认为"唐朝人也不是都能认得紫薇花的"。诗人白居易对紫薇感情深厚,写过三首相关的诗,其中两首自称为紫微郎和紫微翁。另一首诗是在欣赏紫薇花时,为好友元稹作的诗。

紫微郎为白居易任官职的别称，是唐代对中书省称谓。"三垣"由紫微垣、太微垣、天市垣组成，古代天文学家将星官划分为三垣二十八宿。各垣都有东、西两藩的星左右环列，其形如同墙垣，所以称为垣。三垣的中垣为紫微垣，居于北方天空的中央，即北极星的周围，又称中宫，或紫微宫。《后汉书》卷四十八："天有紫微宫，是上帝之所居也。"唐玄宗开元元年，中书省改名紫微省，中书令为紫微令。谚云："门前种株紫薇花，家中富贵又荣华。"白居易于穆宗长庆元年（821年）十月写《紫薇花》一诗时，在中书舍人任上，正是紫薇花开季节。

丝纶阁下文书静，钟鼓楼中刻漏长。
独坐黄昏谁是伴，紫薇花对紫微郎。

白居易独坐时，在宫中值班。黄昏时分，天际映出五彩色，袭来的风摇动树木，发出哗哗的声响。皇宫里安静，人感到寂寞无聊。宫里规矩多，值班官员不能四处游逛，高大的围墙切断目光，不如天空中疾飞的归鸟自由。白居易望着窗外紫薇花触花生情，写下了这首诗。

北方二月，天气清寒，不适于户外行走。汪曾祺泡一杯清茶，伴着茶香读古书，南宋词人葛立方的《韵语阳秋》写道：

白乐天作中书舍人，入直西省，对紫薇花而有咏曰："绘编阁下文章静，钟鼓楼中刻漏长。独坐黄昏谁是伴，紫薇花对紫微郎。"后又云："紫薇花对紫微翁，名目虽同貌不同，则此花之珍艳可知矣，爪其本则枝叶俱动，俗谓之"不耐痒花"。自五月至九月尚烂熳，俗又谓之"百日红"。唐人赋咏，未有及此二事者。本朝梅圣俞时注意此花。一诗赠韩子华，则曰："薄肤痒不胜轻爪，嫩干生宜近禁庐"；一诗赠王景彝，则曰："薄薄嫩肤搔鸟爪，离离碎叶剪城霞"，然皆著不耐痒事，而未有及百日红者。胡文恭在西掖前亦有三诗，其一云："雅当翻药地，繁极曝衣天"，注云："花至七夕犹繁"，似有百日红之意，可见当时生花之盛。省吏相传，咸平中，李昌武自别墅移植于此。晏元献尝作赋题于省中，所谓"得自羊墅，来从召园，有昔日之绎老，无当时之仲文"是也。

老紫薇树不生表皮，筋脉凸绽，肌肤莹滑。这到底是什么原因？植物学家未拿出证据。由于花期特长，七月至十月，花开不断，故名百日红。紫薇又称不耐痒花，许多地方呼痒痒树，它属于千屈菜科，是树木中奇特的树种。紫薇为花叶乔木，又名无皮树。北方人叫法怪异，称紫薇树为"猴刺脱"，意指树身光滑，就连灵活的猴子无法爬上去。年轻的紫薇树干，每年生表皮，自己脱落。紫薇着实令人称奇，触摸一下，就会枝摇叶动，颤抖不止，发出微弱的咯咯响声。紫薇是通人性的花，清初文学家李渔《闲情偶寄》中所说：

何以知之？知之于紫薇树之怕痒，知痒则知痛，知痛痒则不知荣辱利害，是去禽兽不远，犹禽兽之去人不远也。

人谓树之怕痒者,只有紫薇一种,余则不然。予曰:草木同性,但观此树怕痒,既知无草无木不知痛痒,但紫薇能动,他树不能动耳。人又问:既然不动,何以知其识痛痒?予曰:就人喻之,怕痒之人,搔之即动,亦有不怕痒之人,听人搔扒而不动者,岂人亦不知痛痒乎?由是观之,草木之受诛锄,犹禽兽之被宰杀,其苦其痛,俱有不忍言者。人能以待紫薇者待一切草木,待一切草木者待禽兽与人,则斩伐不敢妄施,而又疾痛相关之义矣。①

明农居士王象晋,在其书《群芳谱》指出:"四五月始花开,接续可至八九月。"紫薇花期长,花开不败,象征幸福和美满生活长久,朋友间情深义重。白居易在《紫薇花》中写道:"独占芳菲当夏景,不将颜色托春风。"

关于紫薇的文字记载,始于东晋时期王嘉的《拾遗记》:

怀帝末,民间园圃皆生蒿棘,狐兔游聚。至元熙元年,太史令高堂忠奏荧惑犯紫微,若不早避,当无洛阳。及诏内外四方及京邑诸宫观林卫之内,及民间园圃,皆植紫薇,以为厌胜。至刘、石、姚、苻之末,此蒿棘不除自绝也。

相传三国时期,诸葛亮隐居的隆中三顾堂庭院,种有两株紫薇。自唐开元以后,它被种植于皇宫内苑、官邸、寺院中。宋代定都

---

① 〔清〕李渔著:《闲情偶记》,第305页,济南:山东画报出版社,2003年版。

开封后，承接唐风，开封宫廷中多种紫薇，北宋诗人梅尧臣诗云："禁中五月紫薇树，阁后近闻都著花。"紫薇逐渐走出宫苑，卸下高贵的身份流传民间，深受大众喜爱。

南宋的《全芳备祖》，作者陈景沂，他将紫薇花赞为花圣。汪曾祺看过苦瓜和尚画的紫薇花，题的是白居易的诗。"花之圣，今古凡花，词人尚作词称庆，紫薇名盛，似得花之圣。"一树紫英盛烈，色彩如火，寓意吉祥。紫薇被称为幸福的花，象征着紫气东来，花开永久不败，幸福生活天长地久。唐代诗人刘禹锡的《和令狐相公郡斋对紫薇花》曰："明丽碧天霞，丰茸紫绶花。"紫薇花又称紫绶花，紫绶，即紫色的丝带，古代高级官员常用作印组，或作服饰，它是身份的象征。古人"以紫为贵"，如王世懋在《学圃余疏》中说："紫薇有四种：红、淡红、紫、白，紫却是正色。"民间深受这种观念影响，"门前种株紫薇花，家中富贵又荣华。"紫薇花在我国的传统花卉中，地位不及梅花、兰花、牡丹、芙蓉、芍药和荷花。传说紫薇花是紫微星化身，可以避邪，紫微神手中执着一枝紫薇花。民间修建新房，往往写一副颂词对联："竖柱喜逢黄道日，上梁正遇紫薇星。"

一九八七年，六十七岁的汪曾祺，不顾二月寒冷季节，创作势头不减，写出系列散文作品，其中有一篇《紫薇》。他十九岁离开家乡，对家的概念，更多停留在童年的回忆。

他的家，走出圆门便是一畦菜地，祖母每年种乌青菜，菜地土质不好，长出的乌青菜不壮实。尽管先天不足，但种出的菜，茎叶液汁甚多，比集市上买来的好，本地人叫作"起水鲜"。经过霜打后，叶缘皆作紫红色，更加甜美。菜畦左边有一棵紫薇，

098　汪曾祺和他的植物

门前种株紫薇花

高出房子，开花时，一片红彤彤的耀人的眼睛。

汪曾祺家的后园，有一棵老紫薇，它的岁数，谁都说不清楚。树的主干茶杯口大小，越过屋檐。每年放暑假时，老紫薇焕发青春，开出满树的花。不知用什么语言，能更准确、更独特地表达当时情景。他后来说"真是'繁'得不得了"。淡淡一句，看似随意而出，暗藏丰富的意思。他的文字人间烟火味足，少了虚伪形式。

坐在窗前，望着紫薇花，见花瓣边上，有很多不规则的缺刻，分不清几瓣。一根枝子结满花朵，一棵树上，数不清有多少枝子。花挤花，枝挨枝，叶撞叶，形成一场红色风暴。花朵乱成一锅粥时，还有不嫌麻烦的客人，是赶来凑热闹的黑蜂。这不是常见的蜜蜂，是大个黑家伙，到现在他也不知是什么蜂。黑蜂分量重，几乎盖在花朵上，压得沉下来。它起翅飞去，花朵松一口气，回过神回复原状，并且抖两下。

黑熊似的蜂做事凭蛮力，它们是独来独往的侠客，不似马蜂那样群居。黑蜂有自己的生存方式，在房檐椽子下面钻出圆洞，就是它的家。汪曾祺经常观察，飞回来的黑蜂收拢翅膀，然后钻进圆洞。它不知道有人暗中算计，布下危险的陷阱，一场毁灭性灾难将要发生。他用挂蚊帐的竹竿子捅进圆洞，不停地来回拧动。黑蜂感觉危难来临，在洞里躲避，嗡嗡地发出叫声。竹竿一拔，随着"啪"的声响，黑蜂出来掉落到了地上。他抓起黑蜂放进玻璃瓶内，瓶盖上钻几个窟窿，这是用洋钉凿的。大黑蜂未受伤，摔晕过去了。它醒过来时面对陌生的环境，瓶子里塞着紫薇花，便在花瓣间爬。

他认为黑蜂生命力强，瓶子里安全，让它多活一段时间，养大再放出去,未想到的事情发生,不知什么时候,黑蜂仰面朝天地死去。

每年夏天,汪曾祺都会去密云开一次会。水库大坝下的通道两侧,间隔不远处,就有一棵紫薇。他连续几年到坝下散步,都去探望这棵紫薇,算一下时间,看了有四个年头,它还那样大。

不惧秋霜

偌大北京，汪曾祺走过不少地方，见过最好的菊花是在老舍先生家里。老舍先生有个不成文的规矩，每年两次请北京市文联、文化局的朋友去家中聚会，一次农历腊月二十三，老舍先生生日，再就是重阳节前后，请友人喝酒赏菊。重阳节前后，老舍先生莳弄的菊花怒放，一朵朵争奇斗艳。

老舍先生有意叫大家品尝地道的北京风味——芝麻酱炖黄花鱼，这道菜汪曾祺在别处从未吃过。老舍先生家的芥末墩，味道相当纯正。有一年，他订了两个"盒子菜"，朱红扁圆漆盒，有直径三尺许，分隔开多个格子。装的食物有火腿、腊鸭、小肚和口条一类的肉食，做得很精致。不大一会儿，熬白菜端上来了，老舍先生举起筷子，让大家尝尝："来来来！这才是真正的好东西！"老舍先生养花，在文字中写自己与菊花为伴，表达热爱生活感情。

砖影壁后面是小外院，有一街门通向迺兹府大街，但很少使

用。空地是老舍先生的花圃,种过菊花,还有大丽花,多达百余盆。老舍先生养了几十个品种,三百多棵。一年中,他莳弄每一棵花,写作累了就给花松土,浇浇水。每到秋天花朵绽放,院子里挤满鲜艳的花朵,可以举办个小型菊展。

汪曾祺不赞成"搞菊山菊海,让菊花都按部就班、排排坐,或挤成一堆,闹闹嚷嚷"。他认为菊花要一棵棵地看,每一朵的欣赏,都让人心情愉悦。如果把菊花扎成龙和狮子,做一些动物的造型,虽会吸引人的目光,但有人说这是糟蹋菊花,跟犯罪似的。

一九八二年,汪曾祺与友人游湖南桃花源,一时兴起提笔画菊,题写过诗:

红桃曾照秦时月,黄菊重开陶令花。
大乱十年成一梦,与君安坐吃擂茶。

擂茶继承湘西民间古老的神秘，得力于当地气候，又取酉水的灵性。全诗用过去和现实对照，倾诉自己的感慨。他讲过一句话："我们有过各种创伤，但我们今天应该快活。"

他喜欢菊，并且画菊，这和少年时代受父亲影响有关。他父亲在家中排行老三，祖母叫他小名三子。父亲是阴历九月初九重阳节那天出生的，故名菊生。父亲年轻时画过工笔菊花，和他阴历九月生有关，他对菊花有感情。

扬州有一位专画菊花的画家，这位画家画菊按朵论价，每朵大洋一元。父亲求他画了一套菊谱，二尺见方的大册页。我有个姑太爷，也是画画的，说："像他那样的玩法，我们玩不起！"兴化有一位画家徐子兼，画猴子，也画工笔花卉。我父亲也请他画了一套册页。有一开画的是罂粟花，薄瓣透明，十分绚丽。一开是月季，题了两行字："春水蜜波为花写照。""春水""蜜波"是月季的两个品种，我觉得这名字起得很美，一直不忘。我见过父亲画工笔菊花，原来花头的颜色不是一次敷染，要"加"几道。扬州有菊花名种"晓色"，父亲说这种颜色最不好画。"晓色"，很空灵，不好捉摸。他画成了，我一看，是晓色！他后来改了画写意，用笔略似吴昌硕，照我看，我父亲的画是有功力的，但是"见"得少，没有行万里路，多识大家真迹，受了限制。他又不会做诗，题画多用前人陈句，故布局平稳，缺少创意。

在我国古典文化中，梅、兰、菊、竹合称为四君子。《礼记》中记载："季秋之月，菊有黄花。"汉代将菊花作为药用植物栽培，晋魏时期大量种植，以后逐步发展为观赏花卉。

战国时期的诗人屈原在《离骚》中写道："朝饮木兰之坠露兮，夕餐秋菊之落英。"歌颂菊花的品质高贵，保持自身纯洁，不同流合污，坚持不与恶劣的社会风气、污浊的世道相合的品格。

农历九月九日，这一天二九相重，称为重九。古人认为九是阳数，所以称重阳。从汉代开始，就有重九日佩茱萸、食蓬饵、饮菊花酒的风俗。酒素有"百药之长"的美誉，《素问》中关于"邪气时至、服之万全"的论述，是关于药酒治病的最早的记录。赏菊饮酒，除了有祛病延年的功效外，在清爽日子，赏菊花喝酒能沟通人们之间的感情，又可以愉悦精神。陶渊明在《饮酒》（其十四）中说：

106　汪曾祺和他的植物

故人赏我趣，挈壶相与至。
班荆坐松下，数斟已复醉。
父老杂乱言，觞酌失行次。
不觉知有我，安知物为贵。
悠悠迷所留，酒中有深味。①

清代张浮槎《秋坪新语》里有一段记载：有一个叫侯崇高的读书人，效仿陶渊明，在书房的周围种植大量的菊花，以示自己的精神追求。有一天，夜深人静之际，圆月当空，他独自抚琴。在乐曲声中，只见菊花随着节奏摇曳身姿，翩然起舞。花的清香四溢，在舞中散发于空气中，沁人心脾。

侯崇高是读书人，触景生情，见此颇为惊诧，就停止了弹拨。令人惊奇的是，琴弦安静下来，舞动的菊花也停下来了。再次抚琴，菊花又听乐舞起。这种情况反复再三。他感叹道："菊，真知音也。"第二天清晨，他沐浴以后，又一次抚琴。菊花听到音乐，又兴奋地再次起舞，使得他忘形其中。

清代文学家蒲松龄，多次参加科举都没有考中，后来执教乡塾。他在自己家的柳泉边上，准备茶水，招待来往的行人。茶水帮助行人解除途中的疲惫，蒲松龄可以听取行人谈论各种事情，收集故事素材。后来，他写成短篇小说集《聊斋志异》。

蒲松龄种菊，自制"蜜饯菊桑茶"。为了寻求制茶所需的优

---

① 〔东晋〕陶潜著：《陶渊明集全释》，第160页，贵阳：贵州人民出版社，1992年版。

良菊花,他不辞劳苦,去济南找好菊种。经过反复对比,在一个朋友家选定花朵多、色泽白洁、花瓣长而密、花蕊少的"白玉垂丝",带回淄川家中种植。康熙三十年(1691年),蒲松龄写出《辛未九月至济南,游东流水,即为毕刺史物色菊种》诗曰:

> 主人亭榭近芳洲,竹树苍苍景物幽。
> 院背高城临户见,溪穿小苑入阶流。
> 菊畦恨不宽盈亩,山色何当更满楼?
> 鸡犬遥闻仙境异,桃花疑在水西头。[1]

菊花傲霜挺立,它是我国历代文人高洁秉性的象征。蒲松龄对菊花有感情,不仅因为制茶所需,更重要的是敬佩其品格。菊花作为普通的花,不是奇花异草。把它栽进泥土中,给它一点湿润,它就能顽强地生存下去。它们活得恣意,更能表现诗人精神气质。

宋代刘蒙著有《刘氏菊谱》。此书以黄为正,其次为白,再次为紫,而后为红,依菊花的颜色分类。书中记栽菊花的三十五个品种,另附只听未见过四个品种,以及两个野生种。这是我国第一部菊谱,也是世界上第一部艺菊专著。明代王象晋的《群芳谱》,收录菊花品种二百七十多个。世界上许多国家的菊花,大都是由我国传出去的。公元三百八十六年,我国菊花由朝鲜传入日本,至今已有一千六百多年的历史。十七世纪末叶,荷兰人来我国经

---

[1] 〔清〕蒲松龄著:《辛未九月至济南,游东流水,即为毕刺史物色菊种》,引自周裕苍、周裕幹编著:《菊韵:中国的菊文化》,第46页,济南:山东画报出版社,2011年版。

商，归国时，将菊花带回欧洲。十八世纪中叶，法国商人从我国搜集许多优良品种，引种到了法国。十九世纪英国植物学家福穹，从浙江舟山群岛和日本引入菊种，进行杂交育种的培育，形成英国菊花的各色类型。不久，菊花又由英国传至美国。从此以后，菊花遍植于世界各地。

菊花传入日本后，日本把它与本国野菊进行杂交，栽培本国新菊系列。清代时日本菊花返归到我国，竟然成为稀罕东西。乾隆皇帝于乾隆二十一年（1756年），召集花卉画家邹一桂，绘制内廷洋菊三十六种，并赐题诗文。邹一桂后来出版过《洋菊谱》，那是他为乾隆皇帝画菊的文字说明。其中记下菊事变迁。

洋菊出乾隆年间，花具五色，圆者如球，扁者如盘如轮。花瓣皆有筒，或短筒，或长筒，或筒末出瓣如匙，或但有筒而无瓣。丙子闰九月，奉旨召入内殿，各为之图，定以佳名，而御题其上，装成巨册，入《秘苑珠林》。乃为恭谱序曰："鞠有黄华"，《月令》载之。亦越晋室，渊明采之。五色茱萸，出自后代，统名曰菊，谱不胜载。近得洋菊，花事一变，锯叶筒瓣，为圆为扁。烁如星悬，簇如针攒，如轮如盖，如钵如盘。超挖如匙，排插如簪，如笠斯纠，如环无端。心管五出，色态多般。或曰蒿本，人力所接，谓以洋名，实出中国。余既绘图，赋以长篇，乃为兹谱，以备考焉。

乾隆皇帝让邹一桂画菊花，记录下洋菊之事，下令宫廷画家和词臣画洋菊，作洋菊谱，自己为四十四种洋菊各做御诗。

公元九世纪，宇多天皇的皇家园林里，举办大型赏菊会。我国每年九月初九是重阳节，在日本称作菊节。这一天，皇太子率诸公卿臣僚到紫宸殿拜谒天皇，在这大好日子中，君臣共度快乐时光，赏金菊，一起喝菊酒。十月，天皇再设残菊宴，邀请众臣举行仪式，为菊花送别。十二世纪，后鸟羽上皇对菊花非常喜爱，将之作为自己的标志，后来"十六花瓣八重表菊花纹"，成为日本皇室家徽。

北京菊花和南方的皆相似，有的连名字都相同。汪曾祺举例说明，有一种浅红的瓣，细而卷曲，恰似一头乱发，上海人称"懒梳妆"，其神韵差不多少。一些南方菊种，北京见不到。扬州人重"晓色"，意思是它的颜色，如初升的晓云，北京似乎没有。汪曾祺在镇江焦山见过一盆"十丈珠帘"，细长的管瓣下垂到地，"说'十丈'当然不会，但三四尺是有的"。

一九七九年十二月二日，黄裳偶然找到一张三十年前的旧照片，当时在白鹭洲公园的入口处，门上有"东园故址"的横额。因此写下文字，追忆过去的情景。对于菊花，他和好友汪曾祺所处环境不同，心情也不一样。

在一处经过重新修缮彩绘的曲槛回廊后面，正举行着菊展，菊花都安置在过去的老屋里，这时暮色已经袭来，看不真切了。各种的菊花错落地陈列在架上、地上，但盆上并没有标出花的名色，像"幺凤""青鸾""玉搔头""紫雪窝"这样的名色，一个都不见。这就使我有些失望。我不懂赏花，正如也不懂读画一样，看画时兴趣只在题跋，看花就必然注意名色。①

  有一次，汪曾祺参加秋季广交会，展厅外摆了很多盆菊花。广交会结束了，菊花未凋落，一个日本商人找到了中方工作人员，开口问道："这些花你们打算怎么处理？"工作人员不假思索地回答说："扔了！"这个日本商人急忙地说："别扔，我买。"他只花了一点钱，便将菊花全部包下，订了一架飞机，不远万里把菊花从广州空运到日本。这个商人很有商业头脑，任何赚钱的机会都不放过，他抓紧时间宣传，在四处张贴海报："中国菊展。"想看广交会上的菊花，要买门票。参观的人很多，他借此机会大捞了一笔。

  我国许多城市的菊花久负盛名，如南方的扬州、镇江、合肥，黄河以北，以北京为最好。

  汪曾祺几年前回老家，在一家公园里看到有盆绿菊，花大盈尺。这一个"盈"字，道出花朵的大小，真是让人喜爱。

---

①　黄裳著：《秦淮拾梦记》，引自《白门秋柳》，第47页，南京：江苏凤凰文艺出版社，2016年版。

菏泽牡丹携不去

一九八三年,六十三岁的汪曾祺,和邓友梅、从维熙、林斤澜一同前往菏泽讲课。其间游览鲁西南郓城和梁山各地,回去后创作出《菏泽游记》。

曹州农谚云"谷雨三朝看牡丹",汪曾祺去菏泽时,正赶上牡丹盛开的季节。牡丹花期短,谷雨花事盛后,过不了几天,即花凋欲尽,只有大片绿叶了。

牡丹从隋代开始,在北方大量种植,唐代的时候,盛行种于京师长安,北宋时在洛阳兴旺,南宋时牡丹种植中心南移,其后四川天彭牡丹继续兴起,具有小洛阳的美誉。天彭牡丹之后,亳州牡丹流行一时,而后"亳州寂寥,而盛事悉归曹州"。

菏泽,古称曹州,地处黄河中下游冲积平原,土质半淤半沙,一年四季分明,雨量适中,适合牡丹生长。牡丹是耐旱植物,不能浇明水。菏泽春季天旱,恰好少雨,碱性沙质土,水咸涩适宜浇灌牡丹。自然气候条件、地理环境,为牡丹生长提供了优越的条件。菏泽是牡丹品种的主要发祥地,自古享有"曹州牡丹甲天下"的美誉。

菏泽牡丹,人们又称为曹州牡丹或曹南牡丹。《曹南牡丹谱》记载:"至明,而曹南牡丹甲于海内。"明万历三十年(1602年)进士谢肇淛在《五杂俎》中写道:"余过濮州曹南一路,百里之中,香气迎鼻,盖家家圃畦中俱植之,若蔬菜然。"光绪十一年(1885年)《菏泽县志》中写道:"牡丹芍药各自百余种,土人植之,动辄数十百亩,利厚于五谷。每当促春花发,出城迤东,连阡接陌,艳勤奋蒸霞。"这些史料描绘出当时菏泽"家家植牡丹,户户飘花香,大地铺锦绣,彩霞自天降"的美好情景。明朝时期,曹州有多家牡丹名园,如凝香园、巢云园、郝花园、毛花园、赵花园等。

汪曾祺谈游记时说:"其实看山看水看雨看月看桥看井,看的都是人生。否则就是一个地理学家、气象学家,不是散文家。'人生',无非是两种东西:永恒和短暂,变和不变……人在山水名胜间,总不免抚今追昔,产生历史的悲凉感。"他的闲情看似游玩,其实是对传统文化和现实的思索。

汪曾祺画花卉:"我的画不中不西,不今不古,真正是'写意',带有很大的随意性。"他画过一幅紫藤,满纸水气,难以辨识花形状。画挂在家中,一个老乡端详半天,不解地问:"这画画的是什么?"他笑呵呵地说:"骤雨初晴。"老乡的目光停在画中,似乎大悟地说:"哎,经你一说,是有点那个意思!"老乡还是有欣赏水平的,揣摸出彩墨间小块空白,应该是阳光。

画中国画还有一种乐趣,是可以在画上题诗,可寄一时意兴，抒感慨，也可以发一点牢骚，曾用干笔焦墨在浙江皮纸上画冬日菊花，题诗代简，寄给一个老朋友，诗是：

新沏清茶饭后烟，自搔短发负晴暄。

枝头残菊开还好，留得秋光过小年。

为宗璞画过一幅牡丹，只占纸的一角，题曰：

人间存一角，聊放侧枝花。

欣然亦自得，不共赤城霞。

宗璞把这首诗念给冯友兰先生听了，冯先生说："诗中有人。"

今年洛阳春寒，牡丹至期不开。张抗抗在洛阳等了几天，败兴而归，写了一篇散文《牡丹的拒绝》。我给她画了一幅画，红叶绿花，并题一诗：

看朱成碧且由他，大道从来直似斜。

见说洛阳春索寞，牡丹拒绝著繁花。

我的画，遣兴而已，只能自己玩玩，送人是不够格的。最近请人刻一闲章："只可自怡悦"，用以押角，是实在话。

二十世纪六十年代生人的画家杜月涛，他与汪曾祺认识较早，在八十年代，是由陶阳先生写信推荐的。陶阳是汪曾祺的老朋友，五十年代，他们一起供职于中国民间文艺研究会，后来常有联系。

一九九三年十月，汪曾祺给杜月涛画集作序，写的是一首诗。十月四日，给杜月涛信中说："'序'写好。因为不太像序，乃

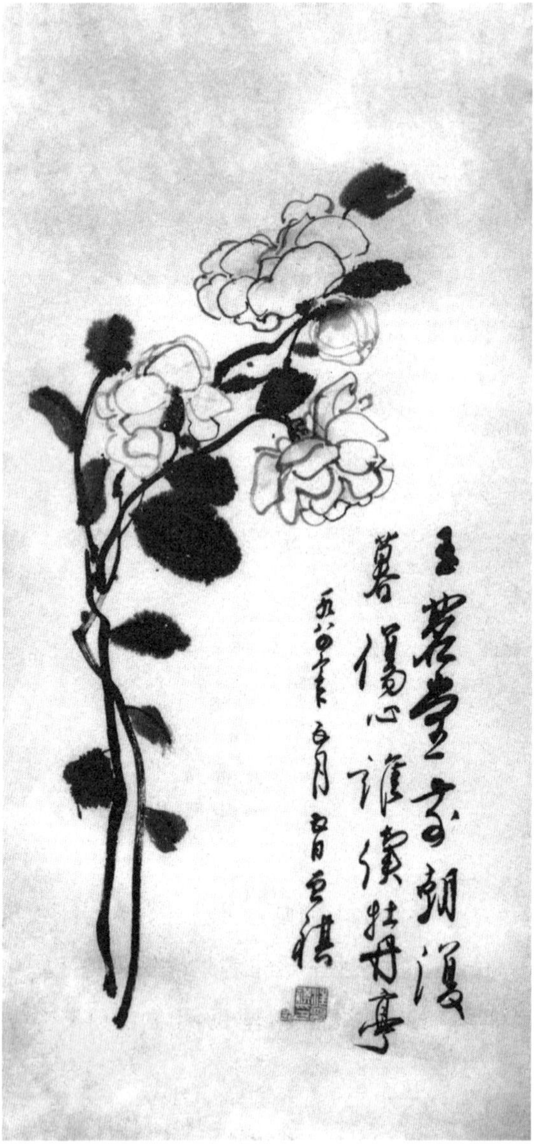

改为'题'。如你认为作序更好,则用于画集上可改为'序诗'。"杜月涛当年二十三岁,一头长发,骑着一辆自行车,自署"画侠",遍游天下名山大川。汪曾祺序诗题写:

> 我识杜月涛,高逾一米八。
> 首发如飞蓬,浓须乱双颊。
> 本是农家子,耕种无伏腊。
> 却慕诗书画,所亲在笔札。
> 单车行万里,随身只一箧。
> 听鸟入深林,描树到版纳。
> 归来展素纸,凝神目不眨。
> 笔落惊风雨,又似山洪发。
> 水墨色俱下,勾抹扫相杂。
> 却又收拾细,淋漓不遗沓。
> 或染孩儿面,可钤岳翁押。
> 或垂数穗藤,真是青藤法。
> 粗豪兼娟秀,臣书不是刷。
> 精进二十年,可为寰中甲。
> 画师名亦佳,何必称画侠。

这是汪曾祺赠诗中最长的一首,文字浅白,让人有亲近之感。以文字线条,描绘出画家的形象。二〇一六年三月三十日,杜月涛回忆汪曾祺为画集作诗序的经历:

昨天晚上，中央美术学院袁宝林教授来信息说："把汪曾祺写给你的诗给朋友看看，是很好的纪念。"

我与汪曾祺先生相识大概是上世纪八十年代末，是国家文化部艺术局群众文化处负责人、中国神话学会常务副主席兼秘书长、《民间文学论坛》主编陶阳先生写信给汪曾祺先生推荐我的。我与先生一见如故，汪老曾于一九九三年十月写诗给我：《我识杜月涛》。

见袁宝林教授微信转发一篇《汪曾祺："中国最后一个士大夫"兼美食家》的文章纪念汪老，并说："曾记得汪曾祺有诗赠杜生，颇是不俗，可知先生识画。"

今转发汪老于一九九三年写我的诗句《我识杜月涛》以飨读者。

汪老不但关心我的学业还关心我的成长，他在一九九三年十月四日写信给我说："'序'写好。因为不太像序，乃改为'题'。如你认为作序更好，则用于画集上可改为'序诗'。"

谢谢汪老，虽然汪老早已进入仙境，行游于宇宙太空之中，可是汪老的文章却是留给我们的宝贵遗产。记得文坛泰斗沈从文大师评价汪曾祺先生说："有思想也有文才，'宠辱不惊！'"而当代著名美术评论家袁宝林教授说汪曾祺先生是"比几个大师都还认真而有深度"的。

今日重发汪曾祺先生为我写的长诗《我识杜月涛》，是对先生在天之灵的纪念。愿先生和他的文章、诗词、书法、绘画给人类文明带来更多的启迪。

这么多年过去，杜月涛已成为大画家，他对汪曾祺当年为其所作的序感恩不已，颇为看重。他平常和朋友们聊天、给学生们上课时，经常说起这段往事。诗中的孩儿面，是指菏泽牡丹的花名，流传洛阳的就是童子面，传至西安，便称娃儿面，因为似婴儿的笑脸。

古人云"花在盈尺"，姚黄格外受喜爱，菏泽的姚黄色浅而花小，并不突出，据说是退化了。菏泽牡丹的代表作，应该是清代赵花园园主赵玉田培育的赵粉。粉色牡丹不难见，但赵粉因其极娇嫩为粉花上品。赵粉稍弯曲枝干，粗壮的花梗，黄绿色叶面，圆尖的花蕾，开放大花朵，细腻花瓣发出清香，格外诱人。

汪曾祺参观菏泽赵楼，村南曾有两棵树龄二百多年的脂红牡丹，主干粗如碗口，儿童可以爬上去玩耍，被称为牡丹王。据说，袁世凯称帝后，曹州镇守使陆朗斋把牡丹王强行买去，栽在河南彰德府袁世凯公馆里，不久枯死。

汪曾祺去了赵楼村，看到牡丹王，也在文章中写到这棵牡丹王。牡丹的栽培不那么简单，非常不容易。牡丹的繁殖是系统工程，一棵牡丹种植五年才能分根，结子需七年。一个杂交新品种，须栽培十五年，成种率低，为千分之四。他不禁感叹："看花才十日，栽花十五年，亦云劳矣。"

村支书是个热情人，大家告别时他请作家们等一下，要送他们些花。作家们回到招待所，见花被养在茶缸里，每个人的房间里都有几缸花。当地陪同人说，未开骨朵的能带到北京。作家们将花放在吉普车上，都一路小心，怕碰坏尚未开的牡丹花。不想到了梁山,一夜的工夫,花骨朵全开放。实在无办法,花全部被送给梁山招待所的女服务员。汪曾祺看着可爱的牡丹花无法带回北京,遗憾地写道:"菏泽牡丹携不去,且留春色在梁山。"

晚饭花

晚饭花,学名"紫茉莉",属多年生草本植物,紫色花最常见,白色花最少见。秋季结种子,表面伏花纹,如微缩的地雷,故又名"地雷花"。它在傍晚开放,正是人们洗澡的时候,故又叫"洗澡花"。

晚饭花有诸多称呼谓,尽管浪漫,汪曾祺却不怎么欣赏,认为"没有从它身上发现过'香远益清''出淤泥而不染'之类品德,也绝对到不了'不可一日无此君'的地步"。这三条对于花太重要了,这不是好不好看的问题,而是精神品质的问题。他认为如果花身上具备这几条,那么它就是完美的花。

汪曾祺谈起晚饭花,认为"这是一种很低贱的花",说明此花在生活中地位很低。他认为,它比牵牛花、凤仙花,还有北京人俗称"死不了"的草花还要低贱。他说,凤仙花和"死不了",偶尔还有人卖一盆,但却没有见过花市上卖晚饭花的摊。晚饭花缺少个性,公园里不愿意种,它也不入画家们的眼,诗人也不为它写诗歌颂。

晚饭花不高贵，就是平常花。汪曾祺指出其缺点：花无姿态，不可能惹人注意。叶子密实，枝叶繁杂，成乱哄哄的一团。它的颜色浓绿，花形多少好看点，在花中不算美。花萼呈花瓣状，果卵黑色的圆形，皱缩有棱，色泽胭脂红偏多，黄花、白花瓣上有不规则的红色细条纹。花开得繁密过于细碎，没有个性。他发表自己的见解："这种花用'村''俗'来形容，都不为过。"北京人见过世面，生活在皇城根下，心气与众不同，称晚饭花为野茉莉，已经是抬举它了。这两种花毫不相干，不属于同一科，枝叶和花形也不相似，把它们扯在一块，他猜测"可能是因为它有一点淡淡的清香，——然而也不像茉莉的气味"。给晚饭花一个"野"字，准确无误，符合它的特点。

晚饭花的种子，不用特意播种，随意丢土中几粒，就能长出一大片。晚饭花是"草民"，不讲究土质好坏，一点空地、几粒种子，它就能挤得满满的，一点也不客气。它具有极强的生存能力，不怕天旱水涝，不用浇水和施肥，更少见它得病，生过虫。汪曾祺有时感到不解："这算是什么花呢？然而不是花又是什么呢？"

晚饭花过去在我国不多见，它原产热带美洲，明朝熹宗年间传入中原，开始时是稀奇少见的花草。晚饭花开花时，呈漏斗状，其花蕾和茉莉相近，紫红色的花略多，故而称紫茉莉。其实，紫茉莉花有诸般颜色，它可作胭脂，人们取自紫红、大红色的花，挤榨花中的汁液，用来涂抹唇。花落以后，取紫茉莉的果实，剥去黑壳，内中白粉研细，然后蒸熟，名为"珍珠粉"。女人将其涂面，有美白的功效。冬天时节它又起到防冻的作用，又可祛除脸上的粉刺。明清两代，紫茉莉被称为胭脂花、胭粉花，女人将其作为化妆用品。

相传崇祯皇帝有怪癖,不喜欢宫中女子面涂铅粉。于是,嫔妃宫女就找到了替代品——传入中原不久的紫茉莉,以其粉替代铅粉。因此,在后宫中,一下子出现大面积的紫茉莉。清朝初年,紫茉莉被广泛种植,为世人喜爱,甚至有文人写诗赞美它。但乾隆皇帝不喜欢紫茉莉,他写过一首《紫茉莉》,嘲讽这种花:

艳葩繁叶护苔墙,茉莉应输时世妆。
独有一般怀嗛防,谁知衣紫反无香。

紫茉莉缺少幽香,乾隆皇帝对它不怎么感兴趣,认为它只能当作红妆,品性不够高尚纯洁。皇帝的一句话,就对此花定下了调子,其影响深刻而长远。自此之后,文人不再做诗赞颂,大户人家也对此敏感,渐渐冷落它。渐渐地,紫茉莉沦落民间,成为寻常花。

汪曾祺写过一篇小说——《晚饭花》,他的儿子曾经问道:"《晚饭花》里的李小龙是你自己吧?" 他回答说:"是的。"他觉得自己和李小龙一样,喜欢随意走一走,四处张望张望。里面的人物遭受命运的不公正待遇时,自己和李小龙都是那样愤慨痛恨。

王玉英家进门有一个狭长的门道。三面是墙:一面是油坊堆栈的墙,一面是夏家的墙,一面是她家房子的山墙。南墙尽头有一个小房门,里面才是她家的房屋。从外面是看不见她家的房屋的。这是一个长方形的天井,一年四季,照不进太阳。夏天很凉快，上面是高高的蓝天，正面的山墙脚下密密地长了一排晚饭花。王玉英就坐在这个狭长的天井里，坐在晚饭花前做针线。

李小龙每天放学，都经过王玉英家的门外。他都看见王玉英（他看了陈家的石榴，又看了"双窨香油，照庄发客"，还会看看夏家的花木）。晚饭花开得很旺盛，它们使劲地往外开，发疯一样，喊叫着，把自己开在傍晚的空气里。浓绿的，多得不得了的绿叶子，殷红的，胭脂一样的，多得不得了的红花，非常热闹，但又很凄清。没有一点声音，在浓绿浓绿的叶子和乱乱纷纷的红花之前，坐着一个王玉英。

每次看到晚饭花，他就觉得难熬酷暑过去了，凉意扑来。望着晚饭花，他感到淡淡的惆怅，生出寂寞感。晚饭花明亮鲜艳，开花时间短暂，不能长存，晚饭时花才能显露。

汪曾祺尽管对晚饭花有些微词，也多少有点好感，这和童年记忆有关系。他家后园，旧花台上就长着一丛晚饭花。

一个人能不能成为一个作家，童年生活是起决定作用的。首先要对生活充满兴趣，充满好奇心，什么都想看看。要到处看，到处听，到处闻嗅，一颗心"永远为一种新鲜颜色，新鲜声音，新鲜气味而跳"，要用感官去"吃"各种印象。要会看，看得仔细，看得清楚，抓得住生活中"最美的风度"：看了，还得温习，记着，回想起来还异常明朗，要用时即可方便地移到纸上。

晚饭以后,他经常去捉蜻蜓,在满园子里乱跑。他一次能捉几十只。他选两只蜻蜓放进睡觉时的帐子里,让它们吃蚊子。从未听说过蜻蜓吃蚊子,这是他自己的想法。其余的蜻蜓被他装在大鸟笼里,第二天清晨,他又把它们放出去。他看到晚饭花,凉意就从草丛里蔓生,仿佛身上的痱子变得不痒了,舒服多了。

晚饭花,开着紫色的小花,到了傍晚和清晨,它们激情地开放着。

自是花中第一流

　　一个人回首往事,写下"我的家"这几个字时,心情会是复杂的,不好说清楚的。一九八一年十月十日,下午五时,六十一岁的汪曾祺从南京乘车抵达高邮,这是他阔别故乡四十二年后,第一次回家乡。

　　汪曾祺忆起当年的情景。他家的大门开在科甲巷,巷子起这么个名字,不知道为什么。这里只有他曾祖父中过举人,其祖父中过拔贡,别的人家没有考取功名的,他的家即在两条巷子间。在外漂泊时,他想念家中的后园子,不知道那四棵大蜡梅和对面的两棵桂花老成什么样子,每年是否旧枝挂满新花?

　　汽车接近家乡,汪曾祺的心情变得复杂,小时候后园的情景,潮水般向他逼来。他记得下堂屋南,花瓦墙外面,就是他快乐的花园。墙上有一个小六角门,走进去,前面是砖墁的平地。往南走一些,便是家中的主要活动区域,叫作花厅。这是宅子里最亮堂的屋子,南边是一溜大玻璃窗。他父亲经常请朋友来,在花厅里喝酒，喝高兴了他们就唱戏、吹弹、歌舞。可是到了他记事的时候，热闹的情景就再没有看过。花厅清静下来了，放暑假时，他就来此做假期作业。每年做酱的时节，他会看到祖母忙碌的身影。她在花厅里晾晒、煮熟黄豆，还见到烤过的发面饼，让它们长毛发酵。

砖地东面，花台上面种着四棵蜡梅树，粗大的树干，碗口般大小，它每年开很多花。蜡梅的花心是紫檀色，南宋中兴四大诗人之一的范成大，在其《范村梅谱》中曰："最先开、色深黄，如紫檀，花朵密实，香浓郁扑鼻，名檀香梅，此品最佳。"如果按照范成大的说法，他家中的是檀香梅，是梅花中的佳品。下雪之后，上树摘梅花是他的活儿。蜡梅骨朵很密，相中哪一大枝就掰下来，养在大胆瓶里，直到过年。

蜡梅树对面，旧式庭园常用对植，古称"双桂当庭"或"双桂留芳"。园子中另外两棵桂花：一棵金桂，一棵银桂。金桂秋季开花，花色主要以黄色为主，叶片较厚。树冠形状为圆球形，枝条挺拔。银桂花朵的颜色偏白，个别的呈淡黄色，叶子稍薄。桂花树下长满萱草，无人修理，长势旺盛。萱花未完全开时，摘下阴干，汪曾祺的家乡叫作金针，北方称黄花菜。桂花树后面，是南北向花瓦墙，墙上开着一个圆门。

文史学者肖维琪自称"高邮生、高邮长、高邮老"——是名副其实的老高邮。汪曾祺三次回故乡，每一次肖维琪都参加接待，二人结下了深厚友谊。肖维琪写汪曾祺第一次回乡时情景：

十月十一日，下午五时，运河堤上高邮汽车站门外，从南京来的最后一班汽车上走下一位两鬓斑白、面目慈祥的老者来。这是汪曾祺先生从十九岁离乡以后,四十二年来第一次回乡。见到久别的亲友,汪曾祺的眼眶湿润了。前去接站的除了汪曾祺的亲戚,还有陆建华、金实秋和我。"少小离家老大回",我们也被眼前的这一幕深深感动。

汪曾祺探望的亲戚,长两辈的是他小姑爹爹崔锡麟,长一辈的是他继母任氏娘和小爷汪连生、汪竹生,平辈的有姐姐巧纹、弟弟海珊、妹妹丽纹、陵纹、锦纹,妹婿金家渝、赵怀义等。当赵怀义在家中办了八桌酒请所有亲戚聚会时,觥筹交错的团聚氛围让汪曾祺身心俱醉。[①]

弥足珍贵的文字,是汪曾祺人生中一段重要的记录。文字是人生珍贵的线索,从中可以发现很多生活的痕迹,打量过去的人与事。

桂花因为叶子似圭,而称桂,因树的纹理像犀一样,故又叫木犀。桂树清新雅致、高尚纯洁,香飘四溢,人谓之为仙友、仙树、花中月老。仕途得意、官职升得很快的人被称为"折桂"。桂花象征着友好、吉祥和光荣。战国时期,燕、韩两国为了表示友好互相馈赠桂花。在我国少数民族地区,青年男女互相赠送桂花以表达爱慕之情。桂冠原意指用月桂树叶编织的叶帽,时间久了,就成为光荣的称号了。

春秋战国时期的《山海经·西山经》记载:"西南三百八十里,

---

① 肖维琪著:《汪曾祺回故乡》,原载《高邮日报》,2012年5月16日。

曰皋涂之山。蔷水出焉,西流注于诸资之水。涂水出焉,南流注于集获之水。其阳多丹粟,其阴多银、黄金,其上多桂木。"[1] 屈原的《九歌》中也有"援北斗兮酌桂浆,辛夷车兮结桂旗"的语句。《南部烟花记》记录,陈后主为爱妃张丽华在庭院建造桂宫,并植一棵桂花树,树下放药杵臼,让爱妃养一只白兔,玩耍此间,所以称为月宫。

汉晋以后,人们将桂花与月亮联系在一起,流传有许多传说,在百姓中流传较广的有"吴刚伐桂":

> 相传月亮上的广寒宫前的桂树,生长繁茂,有五百多丈高,下边有一个人常在砍伐它,但是每次砍下去之后,被砍的地方又立即合拢了。几千年来,就这样随砍随合,这棵桂树永远也不能被砍光。据说这个砍树的人名叫吴刚,是汉朝西河人,曾跟随仙人修道,到了天界,但是他犯了错误,仙人就把他贬谪到月宫,日日做这种徒劳无功的苦差事,以示惩处。

吴刚每天不辞劳苦伐树,桂树却还是从前的样子,生命力旺盛。临近中秋时节,花的香气弥漫在空中。每年中秋这一天,吴刚才能在树下休息,与人间的百姓一般过团圆佳节。

白居易曾为杭州、苏州刺史,后因病卸任回洛阳,十多年后,他写下了《忆江南三首》,回忆杭州时的生活,依然无法忘记那

---

[1] 袁珂注译:《山海经译注》,第16页,上海:华东师范大学出版社,2017年版。

时:"江南忆,最忆是杭州。山寺月中寻桂子,郡亭枕上看潮头。何日更重游?"桂树和山寺,成为诗人在杭州的美好记忆。

桂树与科举的联系,来自于西晋郤诜的"犹桂林之一枝,昆山之片玉"。郤诜称自己是广寒宫中的一枝桂,昆仑山上的一片玉。古代的乡试、会试在农历八月举行,正是桂花盛开的季节,唐代以降的文人以折桂表示"登科及第",他们被称为"桂客""桂枝郎"。林洪《山家清供》中记载,每当考试之年,应试者及其亲友用桂花、米粉蒸成糕,谓之广寒糕,相互赠送,取广寒高中之意,这就是桂花糕。

> 采桂英,去青蒂,洒以甘草水,和米舂粉,炊作糕。大比岁,士友咸作饼子相馈,取"广寒高甲"之谶。又有采花略蒸,曝干作香者,吟边酒里,以古鼎燃之,尤有清意。童用师禹诗云:"胆瓶清气撩诗兴,甘鼎余葩晕酒香。"可谓此葩之趣也。①

桂花糕点受大家欢迎,主要还是取"蟾宫折桂"的含义。在古代,科考是改变人生的转折点。关键时刻希望图个好兆头,这寄寓了人们的美好祝愿。每当考试之年,应试者的亲友会送应试者广寒糕,寄托美好的祝福。桂花是福树,和它有联系的好多事物都是吉祥的好东西。如,桂堂指华美的堂屋,桂殿是寺观殿宇的美称,子孙仕途顺利,兴旺发达,拥有尊贵与荣耀,被称为"兰桂齐芳"。

---

① 〔宋〕林洪撰:《山家清供》,第159页,北京:中华书局,2015年版。

唐宋以后，桂花被广泛种植于庭园中，作为观赏花木。初唐时期的诗人宋之问的《灵隐寺》写道："桂子月中落，天香云外飘。"后人借此佳句，亦称桂花为"天香"。诗人李白《咏桂》则曰：

安知南山桂，绿叶垂芳根。
清阴亦可托，何惜植君园。

诗人把桂花树种在园中，经常观赏，又不断地以之自勉。宋代女词人李清照，写过一首《鹧鸪天·桂花》，其词云：

暗淡轻黄体性柔，情疏迹远只香留。何须浅碧深红色，自是花中第一流。梅定妒，菊应羞，画阑开处冠中秋。骚人可煞无情思，何事当年不见收。

建中靖国（1101年）之后，李清照和丈夫赵明诚两人居住青州，李清照写下此词。北宋末年，李清照的公公赵挺之死后，她随丈夫退隐乡下。他们在读书中，忘记一切烦恼，沉醉于艺术的享受。

汪曾祺读《红楼梦》，羡慕薛蟠的老婆夏金桂家"单有几十顷地种桂花"，人称"桂花夏家"。他感叹道："'几十顷地种桂花'，真是一个大观！"

一九七五年，汪曾祺五十五岁，随北京京剧团《沙家浜》剧组，赴西安、延安、成都、重庆和武汉各地巡演。他到了成都，去北郊新都，这里是川西平原腹地，素有香城之称。新都历史悠久，是公元前七世纪左右蜀王开明氏称帝后所建，它与广都、成都同为蜀中名城。

汪曾祺去看杨升庵祠。道光十九年（1839年），知县张奉书重开桂湖胜迹，广泛搜集采纳、吸取各地园林之长，在湖上建升庵祠。明代状元、著名学者杨慎，号升庵，在此备酒食为友人送行，作诗《桂湖曲送胡孝思》桂湖从此得名。

　　君来桂湖上，湖水生清风。
　　清风如君怀，洒然秋期同。
　　君去桂湖上，湖水映明月。
　　明月如怀君，怅然何时报。

汪曾祺游此园感叹一番："杨升庵祠在桂湖，环湖植桂花，自山坡至水湄，层层叠叠，都是桂花。"他来到新都谒升庵祠，作过一首诗：

　　桂湖老桂弄新姿，湖上升庵旧有祠。
　　一种风流谁得似，状元词曲罪臣诗。

杨升庵是才子，以一甲一名中进士，因"议大礼"获罪，充军去遥远的云南，七十余岁，客死于永昌。明末清初著名的书画家、诗人陈老莲画的杨升庵像"醉则簪花满头"，其脸上泛现的红色，和喝醉似的。汪曾祺看过此画，从画像上分析，杨升庵高个儿，是个胖子。这是陈老莲凭自己的想象画的，未必是真实的杨升庵。

桂湖上有杨升庵祠。祠不大，砖墙瓦顶，无藻饰，很朴素。祠内有当地文物数件。壁上嵌黑石，刻黄氏夫人"雁飞曾不到衡阳"诗，不知是不是手迹。

祠中正准备为杨升庵立像，管理处的负责同志让我们看了不少塑像小样，征求我们的意见。我没有说什么。我是不大赞成给古代的文人造像的。都差不多。屈原、李白、杜甫，都是一个样。在三苏祠后面看了苏东坡倚坐饮酒的石像，我实在不能断定这是苏东坡还是李白。杨升庵是什么长相？曾见陈老莲绘升庵醉后图，插花满头，是个相当魁伟的胖子。陈老莲的画未见得有什么根据。即使有一点根据，在桂湖之侧树一胖人的像，也不大好看。

我倒觉得升庵祠可以像三苏祠一样辟一间陈列室，搜集升庵著作的各种版本放在里面。

杨升庵著作甚多，有七十几种。有人以为升庵考证粗疏，有些地方是臆断。我觉得这毕竟是个很有才华，很有学问的人，而且遭遇很不幸，值得纪念。

桂湖自杨升庵栽种桂花以来，成就了桂湖特色景观，此地被誉为全国五大观赏胜地。桂花林里的桂花亭，匾额为"丛桂留人"。杨升庵《桂林一枝》中诗云：

宝树林中碧玉凉，秋风又送木樨黄。
摘来金粟枝枝艳，插上乌云朵朵香。

秋天时节，桂花先后开放，游人坐在亭中，沉醉在浓郁的馨香中。每次回想桂湖桂花，汪曾祺多少有点牢骚，"北京桂花不多，且无大树。颐和园有几棵，没有什么人注意"。

"花木无言，鸟凫自乐"，汪曾祺写藻鉴堂时用八个字，写出黄昏时颐和园的静寂。他在藻鉴堂写剧本，欣赏美景的同时也借此排遣沉重的压力。他在藻鉴堂小住，见楼道的大花盆里有两棵桂花，窄小的空间束缚了桂花的生长，不到一人高，这也太小了。汪曾祺去老舍先生家时，见过他家种有一大盆银星海棠。

  进了大门，有一座砖影壁，有两间小南房，是看门的工友住的，冬天也是石榴树、夹竹桃的避寒处。老舍先生搬进来之后，在大门里靠着街墙种了一棵枣树。砖影壁后面，老舍先生求人移植了一棵太平花，这是故宫御花园里才有的名花。后来长成了一人多高两米直径的一大簇，而且满树白花，送牛奶的工人一进大门就大声嚷嚷："好香啊！"小南屋房檐下还放着一大盆银星海棠，也是一人多高，常常顶着一团团的红花，老舍先生送客人出门时，常常指着它说："这是我的家宝！"[①]

汪曾祺觉得，北京是一座古老的城市，应该多种桂花。"桂

---

① 舒乙著：《丰富胡同19号丹柿小院》，引自全国政协文史和学习委员会、北京市政协文史和学习委员会《名人故居博览·北京卷》，北京：中国文史出版社，2011年版。

花美阴,叶坚厚,入冬不凋。"桂花开时的花极香浓,晒干以后,可制作元宵和年糕馅。这有多么好,桂花具有观赏价值,也有经济效益,这么好的事情,为什么不高兴做呢?

花中神仙

北京种秋海棠多,可能与历史有关系。秋海棠被赞为"百花之尊""花之贵妃",人们甚至说它是"花中神仙",是万事吉祥的象征。汪曾祺看过齐白石的画,其中有多幅海棠画:"齐白石所画,花梗颇长。"

汪曾祺家乡的秋海棠,又谓"灵芝海棠",大多数花五瓣,唯独秋海棠四瓣。北京最多的品种银星海棠,叶面深绿色,上面撒落银白色斑点。叶子大,而且坚厚,秆长得高壮,近似木本。

童年的生活经历,是生命中最重要的一部分。汪曾祺的海棠情结,使得他不论在何方,只要看到了秋海棠,就会触动情感,不管见到的秋海棠开得多么灿发,总感觉"我所不忘的秋海棠总是伶仃瘦弱的"。小时候,他的生母得了肺病,怕传染给别人,将自己隔离起来,独自养病。她住在一间偏房里,家里人叫"小房"。母亲是不幸的人,忍受病痛和情感双重痛苦和折磨,不让人去看。即使保姆要抱汪曾祺去,让她看自己的儿子,她也不同意。汪曾祺很少享受到母爱，几乎都不在她的身边，对她毫无印象。

前年我回家乡，见着一个老邻居，她记得我母亲。看见过我母亲在花园里看花——这家邻居和我们家的花园只隔一堵短墙。我母亲叫她"小新娘子"。"小新娘子，过来过来，给你一朵花戴。"我于是好像看见母亲在花园里看花，并且觉得她对邻居很和善。这位"小新娘子"已经是八十多岁的老太太了！

我还记得我母亲爱吃京冬菜。这东西我们家乡是没有的，是托做京官的亲戚带回来的，装在陶制的罐子里。

我母亲死后，她养病的那间"小房"锁了起来，里面堆放着她生前用的东西，全部嫁妆——"摞橱"、皮箱和铜火盆，朱漆的火盆架子……我的继母有时开锁进去，取一两样东西，我跟着进去看过。"小房"外面有一个小天井。靠南有一个秋叶形的小花台。花台上开了一些秋海棠。这些海棠自开自落，没人管它。花很伶仃，但是颜色很红。

这是他对母亲最深刻的记忆，不管在什么地方看到海棠花，他都会想起母亲住的"小房"。

汉代的《西京杂记》记述了海棠进入皇宫林苑的事情。汉武帝修建林苑，众臣给汉武帝敬献珍贵的奇花异草以表达忠心。在这些名贵的花草中，有四株海棠，汉武帝非常喜爱它们，将它们种植在林苑中。司马相如的《上林赋》全面体现了汉赋的特色，

136　汪曾祺和他的植物

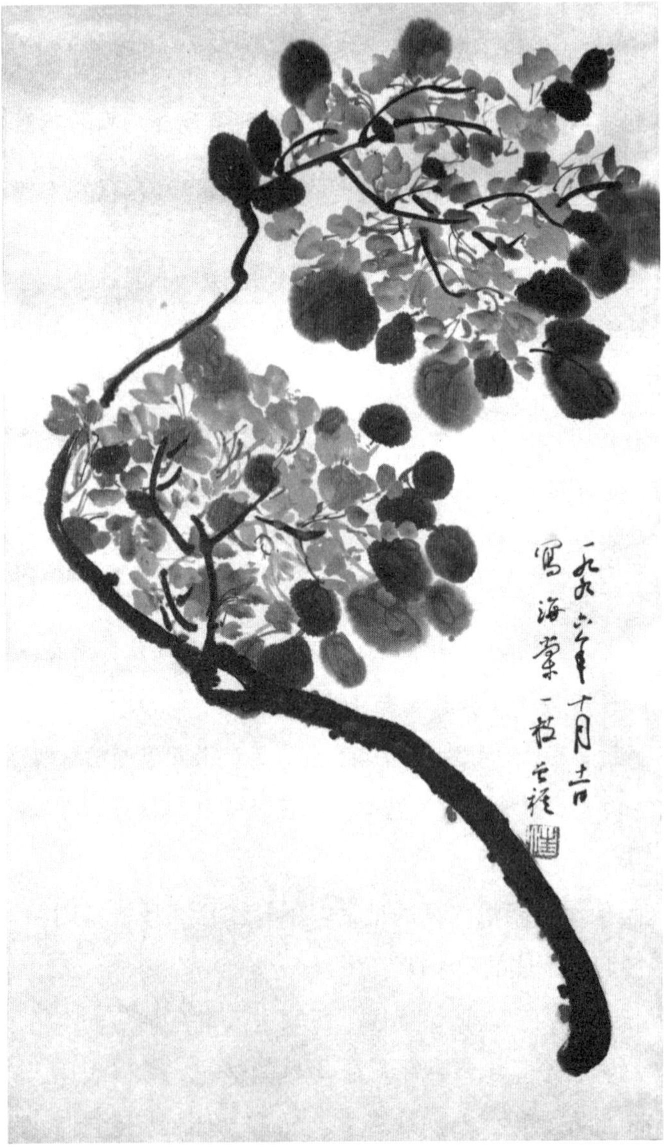

其内容涉及宫殿、园囿、田猎等。其中有"亭柰厚朴"的语句，后人引据考证，探勘出"柰"指的是绵苹果和小果类属植物，也就是海棠。

海棠花在宋代达到鼎盛，关于它的书籍，接连不断地出现，具有影响力的有《海棠记》和《海棠谱》。这个时期，海棠深受老百姓的喜爱，帝王也钟情于海棠花，并留下了题颂海棠的诗篇。北宋文学家沈立的《海棠记》中记载："尝闻真宗皇帝御制后苑杂花十题，以海棠为首章，赐近臣唱和，则知海棠足与牡丹抗衡而独步于西州矣。"[①] 不难看出，在宋朝时海棠显示出"百花之尊"的风范。

海棠花是历代文人墨客笔下常见的植物，诗人苏东坡元丰三年（1080年），遭贬黄州，今湖北黄冈期间，写下《海棠》：

东风袅袅泛崇光，香雾空蒙月转廊。
只恐夜深花睡去，故烧高烛照红妆。[②]

诗人苏东坡题为写海棠，没有对其描绘，却借此写自己的情感，这是一处曲笔。诗人感受到海棠花和人相似，在夜深人静时睡去，而点燃的高烛，使海棠打起了精神，表现诗人爱花、更珍惜花的感情。清代诗人纳兰容若的《塞上得家报云秋海棠开矣，赋此》

---

① 〔宋〕沈立著：《海棠记》，引自欧阳修等《洛阳牡丹》，第49页，上海：上海书店出版社，2017年版。
② 〔宋〕苏轼著：《海棠》，引自《苏轼全集》，第279～280页，上海：上海古籍出版社，2000年版。

写道:

> 六曲阑干三夜雨,倩谁护取娇慵。可怜寂寞粉墙东。
> 已分裙衩绿,犹裹泪绡红。曾记鬓边斜落下,半床凉月惺忪。
> 旧欢如在梦魂中。自然肠欲断,何必更秋风。①

人在塞上,心被远方的故园牵扯,眷念家中的爱人。他收到家书,知晓秋海棠花已经开放,此花名"断肠",这触动了他相思的愁苦情绪,因而用文字倾诉怀乡愁思,用文字追怀往昔,记述令人怀恋的往日的美好时光。

汪曾祺的父亲结过三次婚,他只知生母姓杨,叫什么名字不知道。在他的母亲的娘家,按排行,他的母亲是"遵"字辈,他母亲应该叫杨遵什么。有一年,他写信问姐姐母亲的名字是什么,姐姐回信说:"叫强四。"他觉得很奇怪,这是什么名呢?是小名吗?也不可能。他母亲在家也不是排行老四。他母亲活着的时候,他太小了,是个不记事的孩子。

汪曾祺三岁时,母亲因病故去了,他对母亲无一点印象。母亲患上当时难以治愈的肺病,此病一检查出,他母亲就住进了小房。他恍惚记得,他父亲用煤油箱做炉子,上面开有两个口,能同时熬粥、熬参汤和燕窝。他记忆最深刻的一次,是父亲雇了一只船陪母亲去淮安城瞧病,他也随船跟去。

---

① 〔清〕纳兰容若著:《塞上得家报云秋海棠开矣,赋此》,引自《纳兰词全编笺注》,第208页,长沙:湖南文艺出版社,2013年版。

汪曾祺对母亲的印象，只能通过画像中获得。画像上的母亲，身体瘦弱，眉毛微皱。他的母亲读过书，病倒之前，每天坚持写一张大字。他在父亲的画室里，找出了一些母亲写的字，字写得清秀。

汪曾祺的妹夫金家渝退休后，在故居负责接待工作，他对来访记者说：

> 比如一幅山茶花，作于一九八六年十月，是他预备送给西南联合大学校友、美国物理学家李政道的三幅画之一，另一幅秋海棠送给了李政道，而这幅山茶花最终则留给了汪老的妹婿金家渝，并被挂在了故居。金先生对记者说，画作是汪老送给李政道六十岁生日的礼物，山茶花是云南昆明常见之物，寓意在国外常思故土，另一幅秋海棠，金先生也是见过的，一次中央电视台记者走进李教授的家采访，客厅挂着两幅画，一幅是吴冠中的画，另一幅就是汪曾祺的秋海棠。[1]

一九八七年九月，汪曾祺应安格尔和聂华苓的邀请，去参加爱荷华大学"国际写作计划"，并在这里与他们夫妇成为好朋友。美国爱荷华州的中北部河流，由东西两支流汇集而成，在爱荷华城南注入密西西比河。聂华苓家在河边的一座小山的半山腰上。这是一座两层的房子，楼下是聂华苓的书房，挂着几幅中国字画。

---

[1] 凌鹏著：《"大器晚成"的书画家》，原载《扬州日报》，2010年2月25日。

汪曾祺给她带去自己画的小条幅：一丛秋海棠，一只草虫。他题了老师朱自清先生的诗："解得夕阳无限好，不须怅惘近黄昏。"聂华苓将它们挂在书桌左侧，她喜欢他的字。

海棠花作为我国的观赏树种，在古代皇家庭院中，经常与玉兰、牡丹、桂花搭配种植，取它们的谐音"玉棠富贵"的意思。后来，海棠花又被广泛植于人行道两边，还有亭台的周围。

回味爬山调

抄写这首北朝乐府杰作,当笔落纸上的瞬间,汪曾祺的情感难以控制。一九九六年十月二十八日,汪曾祺七十六岁。

> 敕勒川,
> 阴山下。
> 天似穹庐,
> 笼盖四野。
> 天苍苍,
> 野茫茫,
> 风吹草低见牛羊。

敕勒川的天空,阴山脚下,四面与大地相连。诗歌起笔透出气势,以高亢的音调,吟咏北方地域特点,高远辽阔,毫无任何遮挡。格调宏伟旷达,显出北方少数民族雄强有力的性格。

《敕勒歌》是我国古代诗歌中的一朵奇葩，只用了二十七个字，就描绘了天空、高山、草原、牛羊和大地的场面，在中外诗歌中实属罕见。

汪曾祺坚持个人的看法，对此诗持不同的意见。他认为诗的夸张成分太大，是想象中景象。如果真的去过草原，它会让人失望，因为很少能看到这样的景色。他四次去内蒙古，"到过呼伦贝尔草原，达茂旗的草原，伊克昭盟的草原，还到过新疆的唐巴拉牧场"，没有一次，遇到过"风吹草低见牛羊"的景象。在张家口坝上沽源下放的几年，他对这片土地有感情，他说草原的草，长得挺高，但藏不住牛羊。论模样好看，还是沽源的草原，草生长得整齐，叶子细长，如同梳过一般，风吹过起伏波动，犹似摇摆的碧浪。他问过当地人这叫什么草，回答说"碱草"。"碱"可能是"草菅人命"的"菅"。一个"碱"字，表明它的营养价值不会高。

碱草，又名"羊草"，有"牲口细粮"的美称。碱草营养丰富、味道甘甜，不仅叶量多，而且适口性好，各类家畜一年四季均喜食。碱草耐放牧，绵羊与山羊皆爱吃。

陪同汪曾祺同行的老曹，说草原有营养牧草还有"阿格头子""灰背青"。老曹给他们唱起爬山调：

阿格头子灰背青，
四十五天到新城。

老曹说的"灰背青"，因为它叶子青绿，背面灰色，而得这个名字。"阿格头子"是蒙古话，老曹拔起两把草，给汪曾祺及

同行看,然后问一个牧民:

"这是阿格头子吗?"

"阿格!阿格!"

这两种草都不高,大约三四寸,差不多都贴地而长,叶片肥厚,而且多汁。汪曾祺几次去内蒙古,都是带着任务去的,不是身心放松自由创作。他在追忆中写道:

> 写一个剧本,搜集材料,曾经四下内蒙古。我在内蒙古学会了两句蒙古话。蒙古族同志说,会说这两句话就饿不着。一句是"不达一的"——要吃的;一句是"莫哈一的"——要吃肉。"莫哈"泛指一切肉,特指羊肉(元杂剧有一出很特别,汉话和蒙古话掺和在一起唱。其中有一句是"莫哈整斤吞",意思是整斤地吃羊肉)。果然,我从伊克昭盟到呼伦贝尔大草原,走了不少地方,吃了多次手把肉。
>
> 八九月是草原最美的时候。经过一夏天的雨水,草都长好了,草原一片碧绿。阿格长好了,灰背青长好了,阿格和灰背青是牲口最爱吃的草。草原上的草在我们看起来都是草,牧民却对每一种草都叫得出名字。草里有野葱、野韭菜(蒙古人说他们那里的羊肉不膻,是因为羊吃野葱,自己把味解了)。到处开着五颜六色的花。羊这时也都上了膘了。

"阿格头子灰背青,四十五天到新城。"这是苦难的行程,

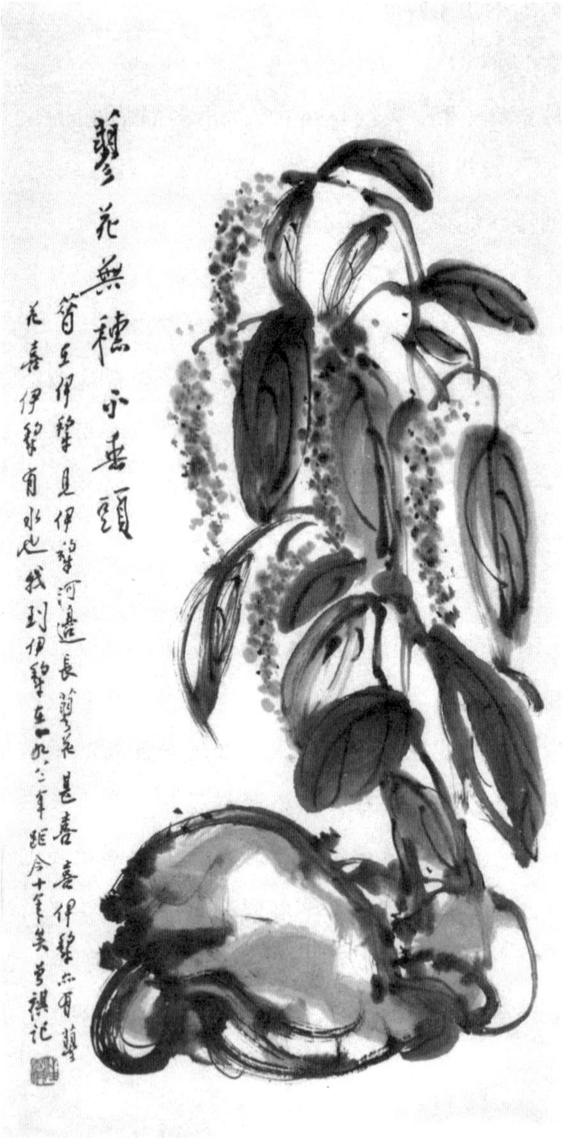
蓼花無穗不垂頭
花喜伊犁有水也我到伊犁在一九八二年距今十年矣曾祺記

风餐露宿，甚至有生命危险。老曹年轻时拉过骆驼，从呼和浩特驮货，一直走到新疆新城，一趟需要步行四十五天。往返一次，需要花费三个月的时间。在辽阔无边草原上，见得最多是牛羊，很少遇上人。年轻人拉着骆驼，一步一个脚印地走，其中滋味难以想象。

老曹经受过磨难，生活经历不是一般的丰富，他是个乐观有趣的人。他认识许多植物，大青山上的药材，草原上的各种野草他都认识，能说出各自的特点。他肚子里有说不尽的故事，让人听后不忘。汪曾祺说，如果让老曹单讲狼，他能说上一整天，这些不是听别人讲过的，是自己亲身的经历。他说的故事，很有意思。老曹讲了一个故事：一只狼逗小羊玩，小羊觉得高兴，一下跃过了圈羊的荆笆。这正中狼的圈套，它一口叼走了小羊。他又讲：狼会出痘，这是一般人不知道的，有一只老狼把出痘子的小狼，拿沙埋起来，只露出几个小脑袋，让它们喘气。部队中的小号兵，贪玩心大，掏了三只小狼羔子带走。惹得狼跟踪着部队，每晚上在宿营地附近大声嚎叫。部队怕暴露目标，队长做思想工作，说服小号兵把小狼全部放掉。

汪曾祺喜欢老曹这样性格的人，归纳为"好说，能吃，善饮，喜交游"。老曹在大青山里打过游击，和堡垒户混得熟。他们坐吉普车上下山，老曹在路口让司机停车，他要找熟人聊两句。有还会时帮他们做一些事：买拖拉机、解决孩子上学难等问题。汪曾祺拜访布赫时，顺便聊起老曹，布赫真诚地说："他是个红火人。"对老曹的评价很高。汪曾祺觉得"红火"两字，太有个性了，在别处没有听见过。用在别人身上要打疑问，在老曹身上正合适。

汪曾祺有一段时间，在北京西山种树。山上石头多，泥土少，必须用镢头刨坑。他两手握住镢杆，一前一后，用力向下刨，这是在石头上硬凿出坑，然后把凿碎的砂石重新填进去，再用传统的生产工具九齿耙子，搂平整。山上的土珍贵，树坑沿就山势而布，凿出的大小形状不限。扛着镢头上山，要忍受风抽沙打，这个看似不累，其实非常重。汪曾祺在他干过劳动中，除了修十三陵水库，这次西山种树的活最累。

一大清早，干活队伍上山，汪曾祺随身带两个干馒头、一块大腌萝卜。干这么重体力活，谈不上营养餐，每顿吃大腌萝卜。已经到秋天了，山上的酸枣熟透，他们摘酸枣吃。中医典籍《神农本草经》中很早就有记载，酸枣可以"安五脏，轻身延年"。野果有药用价值，但吃多了不怎么好受。草里的蝈蝈多，休息时抓它烧着吃，也是乐趣。这里的蝈蝈三尾，腹肚子大。咬一口腌萝卜，再吃半个烧熟的蝈蝈，就着馒头，还挺不错的。他对人生看得比较明白，"人不管走到哪一步，总得找点乐子，想一点办法，老是愁眉苦脸的，干吗呢！"

在荒山石岭上刨坑，由于季节关系，不能马上种，要放到明年开春，据说要种紫穗槐。汪曾祺认识紫穗槐，枝叶有点和槐树相似，抽条长，初夏时节开紫花，花颜色较紫藤深，花穗不大，瓣略微小。紫穗槐对土壤要求不严，耐干旱、抗风沙、耐严寒，具有保持水土的功效。紫穗槐的枝叶，可作为饲料，牲口非常爱吃，容易上膘。它的枝条是个宝，可以编筐。

汪曾祺每天扛着镢头，和山上石头打交道，刨了二十多天树坑。后来，他离开这受苦之地，回原单位等候处理，从此再也未上过西山。他不知道千辛万苦所刨的坑，是否种上了紫穗槐？

老曹后来在呼和浩特市负责林业工作。他上大兴安岭搞调查，购买各种树种。老曹负责林业时，有过令他得意的业绩。他带领人从大青山山脚，延伸至市中心，大路两边都种上杨树，并且树长得规范，枝叶繁茂。老曹最喜爱紫穗槐，对它情有独钟，遗憾未种上此树。汪曾祺写这段文字，为老曹打抱不平，老曹曾被捆押吊打，踝骨被打断，幸未致残，但走起路来一拐一拐的。后来，他还是那么"红火"，健谈豪饮。

朴实的老曹，从小家贫，出身成分不高。他吃过各种苦，磨难是他身边的影子，拉过骆驼，在大青山打过游击。汪曾祺回味起老曹唱的爬山调，"阿格头子灰背青，四十五天到新城"，有着说不尽的感慨。

第三辑　食菜

百菜为首

暮春时节,在父亲书案旁,或是坐在后园的大垂柳树下,汪曾祺读汉乐府《十五从军征》。对于这点,汪曾祺无详细地记载,只是轻描淡写。

十五从军征,八十始得归。
道逢乡里人:"家中有阿谁?"
"遥望是君家,松柏冢累累。"
兔从狗窦入,雉从梁上飞,
中庭生旅谷,井上生旅葵。
舂谷持做饭,采葵持作羹。
羹饭一时熟,不知贻阿谁。
出门东向望,泪落沾我衣。

汪曾祺读诗时,只是个十来岁的孩子,诗中描绘从小离家的老兵回家后的情景。开篇不同凡响，看似平淡无奇，却耐人寻味。诗写得真实，没有呼天抢地的激情，词句不事雕饰，十来岁的孩子完全可以读懂。他未从过军，接触此诗时还未经过长久离乱，却多少次为诗中流露的感情流过泪。

动乱的年代，亲人们无一幸存下来，眼前家中的情景，使四处征战老兵，积压在心中的感情不知向谁倾诉。挂满风尘的老人，站在小时候曾经炊烟袅袅的地方，亲人的话语声犹在耳边，六十五年的等待，换来这样的情境。汉语言文字学专家孙玉文曾对"采葵持作羹"进行考证：

> 汉代的葵是否能用来煮粥？答案应该是肯定的。古人有时在粥里放上一些豆子，例如《后汉书·孝献帝纪》载："帝使侍御史侯汶出太仓米豆，为饥人作糜粥。"有时加上杏仁，例如《全唐诗》卷一九一韦应物的《清明日忆诸弟》载："杏粥犹堪食，榆羹已稍煎。"古书很早就说到"菜粥"，指在粥里放置蔬菜。菜粥，也就是不另外做菜，连同蔬菜和粮食一同煮成的粥。菜粥是简陋的主食，其中的菜当然包括五菜之首的葵。《尸子·君治》载："人之言君天下者，瑶台九累，而尧白屋；黼衣九种，而尧大布；宫中三市，而尧鹑居；珍馐百种，而尧粝饭菜粥；骐骥青龙，而尧素车玄驹。"《全唐诗》卷八三三贯休的《送僧入五泄》载："五泄江山寺，禅林境最奇。九年吃菜粥，此事少人知。"《全唐诗续补遗》卷二佚名《五言白话诗》之三："菜粥吃一盏，街头阔立地。"可见"菜粥"是低级食品，是用来填饱肚

子的。《本草纲目》卷二五《穀部》"粥"下记有"葵菜粥"，应该是这种"糜"的做法的后代遗留，不过是用在医疗上。今鄂东一带有"烫饭"，灾年常吃，平时也偶尔用来调节胃口，但也是主食。许宝华、宫田一郎主编的《汉语方言大词典》收有"烫饭"："饭和菜加水煮成的粥。"例证来自湖北武汉、随州，湖南长沙。另据鲁国尧先生见告，鄂东一带所说的"烫饭"，今江苏泰州叫"酸粥"。烫饭、酸粥，显然跟古代菜粥一脉相承。

汉代下层劳动人民没有粮食吃时，被迫吃糜充饥。汉乐府《东门行》中，男主人公家中一贫如洗，"盎中无斗米储，还视架上无悬衣"，他准备铤而走险，但是他妻子却劝阻他，"他家但愿富贵，贱妾与君共哺糜"。可见，常年吃糜是穷苦人家充饥的方式。因此，将"采葵持作羹"的"羹"视作"糜"的讹字，不仅在字义上毫无挂碍，而且更符合诗中男主人公的家庭背景。①

葵菜是古老的蔬菜，又名冬葵、冬苋菜或滑菜。明末科学家徐光启在《农政全书》中指出："葵为百菜之主，备四时之馔，本丰而耐旱，味甘而无毒，供食之余，可为菹腊，枯枿之遗可为榜簇，子若根则能疗疾，咸无弃材。"②明代药学家李时珍说："葵菜，古人种为常食，今种之者颇鲜。"这种菜不是珍贵的东西，

---

① 孙玉文著：《释古诗"采葵持作羹"》，原载《中国典籍与文化》，2015年第1期。

② 〔明〕徐光启著：《农政全书》，第431页，长沙：岳麓书社，2002年版。

在我国各地有野生的，它的根、花及种子可以入药。

一说起葵，人们就想到它的茎很高，开大黄花，花盘朝向太阳。向日葵具有向阳性，它永远跟着太阳走，追求自己的幸福。其实古诗文中的葵，与人们所说的葵不是同一种植物。《黄帝内经·素问》载曰："五谷为养，五果为助，五畜为益，五菜为充。"其中明确地说明，五菜分别是"葵藿薤葱韭"。五菜种植历史久远，为首的葵在《诗经》中就出现过。

李时珍不知出于什么考虑，在《本草纲目》中将葵从菜部降格为"草部隰草类"。这一改变，葵的意义不同了。清代植物学家吴其濬的看法不同，有自己的见解。他写的《植物名实图考》，记载植物一千七百一十四种，相比《本草纲目》增加五百多种。在每一种类下，记述若干种植物，他亲自调查和对古籍进行考证，纠正文献资料中的错误。

吴其濬经过大量的调查，用证据充分地说明，李时珍的说法不准确。江西的蕲菜和湖南的冬寒菜，实际是上是葵，所以他在《植物名实图考》中的看法未受李时珍的左右，将其归入菜类。《毛诗品物图考》以及《诗经名物新证》中附有葵的图片，与现在的冬寒菜一模一样。由此可见，葵作为蔬菜，在人们日常生活中占据着重要的地位。

葵按种植季节的不同，分为春葵、秋葵和冬葵。东汉崔寔的《四民月令》记录："正月可种春麦、瓜、芥、葵、大小葱。"西晋文学家陆机的《园葵诗》记载："种葵北园中，葵生郁萋萋。朝荣东北倾，夕颖西南稀。"清楚地说明庭园种植葵菜的情况，唐代以后，一些新菜品种引进，葵菜逐渐衰落，甚至遭受了不公平的待遇。明代葵更是失宠了，退出了日常餐桌。

汪曾祺对"采葵持作羹"这一句不大明白：葵怎么能做成羹？在他的老家高邮，人们只知道向日葵，将之称为葵花。这种植物怎么能做羹呢？是否是食用它的叶子？向日葵叶子大，叶面粗糙有毛，要把它剁碎，加上油盐煮熟，味道不会好哪里去，难以下咽。淡黄色花的秋葵，叶子不好看，恰似鸡爪一般，又名鸡爪葵。这样的东西不可能用来做羹。还有一种蜀葵，又被称为锦葵，生长在内蒙古、山西一带，当地人叫"蜀蓟"，高邮叫"端午花"。此花在端午节前后开，但他从未听说过端午花能吃。

有一次汪曾祺去济南，在山东省博物馆的庭院里看到了戎葵，它的样子有点类似秋葵，开着晃眼的朱红大花，英英逼人，如同燃烧的火。他望着花琢磨半天，心中暗想，葵不可能吃。持以作羹的葵是何物，竟然这样的神秘。清代吴其濬的《植物名实图考长编》和《植物名实图考》中，将葵列为蔬类中第一品，他告诉人们，葵，就是冬苋菜。汪曾祺终于弄明白了。接下来新问题出现：冬苋菜是什么呢？

汪曾祺去四川、江西、湖南几个省后，有机会遇上了葵。在武昌的招待所里，每餐差不多都会上一碗绿叶菜汤，吃嘴里发滑，有点和莼菜一样。汪曾祺会做一手好菜，从理论上来讲，他知道这不是莼菜，湖北不出莼菜。他遇到新鲜的事物好打听，不耻下问。他向服务员询问："这是什么菜？"服务员笑着回答："冬苋菜！"第二天出去散步，他经过一个巷子，看到有妇女在井边洗菜。菜经过水洗后，更加鲜绿，叶片像猪耳似的。好奇心驱使他走了过去，他向妇女问，洗的什么菜。妇女回答是冬苋菜。汪曾祺离开井边，走回招待所住处，一路上他的情绪起伏波动："这就是冬苋菜，这就是葵！"从菜的样子进行分析，它和向日葵的叶子截然不同。它作羹正合适。汪曾祺没想到能偶遇冬苋菜，亲眼所见，不是听别人说的，从那时开始，他更加理解《十五从军征》了，理解了吴其濬看见葵，为什么会激动，因为在他整理葵的条目时，几乎无人知道那是什么东西。蔬菜的命运和其他事物相同，有兴盛时，有衰微时。元代王祯的《农书》，把葵尊敬称为"百菜之主"，后来不知什么原因，它沦落到一文不名。李时珍在《本草纲目》中将葵列入草类，未承认它是菜。

先秦时期的蔬菜主要是野菜，到汉代保留下来的除五荤菜外，只有葵、蔓菁、蒿等少数几种。诸如葱、大蒜、冬葵、苜蓿、水蓼、姜、黄瓜、菘、茄子等蔬菜都是在春秋至汉代才进入人们菜篮子的。究其原因，一是秦汉之际，中国有两次大一统局面的形成，中原地区作为全国的政治、经济和文化中心，与周边地区的交往日趋频繁，如秦征百越、七公主出塞、张骞使西域、司马相如经略西南夷等。对外联系的加强使外地的蔬菜品种源源不断地传入内地。齐桓公带兵伐山戎，带回了冬葵。从此以后，葵作为"百菜之主"在一千多年中一直是人们最常食的蔬菜。[①]

---

① 刘海峰，马临漪，余全有著：《古代大中原地区主要蔬菜的变迁》，原载《经济经纬》，1999年2期。

不管怎么说，南方保存了种植冬苋菜的习惯，否则吴其濬的记载，会打个疑问。汪曾祺动情地说："就死无对证，好像葵已经绝了种似的。"吴其濬是河南固始人，他的家乡可能见不到葵。他思索半天，琢磨出一个道理：如果不去湖南当巡抚，就搞不明白葵为何物。他那样激动，为葵喊冤抱不平。"葵本是菜中之王，是很好的东西；它并没有绝种！"不管何人有机会来南方，一定要尝尝冬苋菜。冬苋菜，就是被称为百菜王的葵。

俗呼野菜花

荠菜这种野菜，随处可见，一个"野"字，道出荠菜了的地位，它不是金贵的东西。

在汪曾祺的家乡，荠菜能上席，所以它的身份地位一下子提高了。按照他家乡的风俗，一般酒席先上八个凉碟，在客人未入席前，即已摆好。"通常是火腿、变蛋（松花蛋）、风鸡、酱鸭、油爆虾（或呛虾）、蚶子（是从外面运来的，我们那里不产）、咸鸭蛋之类。"是垫场的下酒菜，是人们平常可以吃到的。如果春天办席，桌上会出现应时的凉拌小菜，如杨花萝卜切细丝拌海蜇，还有拌荠菜。荠菜用水焯过后切成细碎状，和香干丁拌在一起，加入姜米，浇上麻酱和油醋，或用虾米。拌荠菜上桌前，要"抟成宝塔形"，给人以美感，吃时推倒，拌匀即可。拌荠菜是喝酒的人喜欢的菜，图吃个新鲜，野菜中的清香，是田园蔬菜缺少的。

荠菜，南北方叫法不同，北方叫"白花菜""黑心菜"，南方瑶家叫"禾杆菜"，湖北等地区叫"地菜"。历代文人都写过荠菜，晋代夏侯谌的《荠赋》咏荠诗曰：

> 钻重冰而挺茂，蒙严霜以发鲜。
> 舍盛阳而弗萌，在太阴而斯育。
> 永安性于猛寒，差无宁乎暖燠。

只有春天来到的时候，草木生长出来，个性鲜明的荠菜破凌而出。"齐精气于款冬，均贞固乎松竹。"荠菜和松竹有相似的品德节操。绍熙五年（1194年），陆游七十岁，在故乡山阴过着贫苦的生活。由于生活清贫，他仿效庾杲和蚕丛氏，在房舍周围种植蔬菜及果树，又从地里采回荠菜充饥。他写了许多荠菜诗，其中有《食荠十韵》：

> 舍东种早韭，生计似庾郎。
> 舍西种小菜，戏学蚕丛乡。
> 惟荠天所赐，青青被陵冈。
> 珍美屏盐酪，耿介凌雪霜。
> 采撷无阙日，烹饪有秘方。
> 候火地炉暖，加糁沙钵香。
> 尚嫌杂笋蕨，而况污膏粱。
> 炊秔及齑饼，得此生辉光。
> 吾馋实易足，扪腹喜欲狂。
> 一扫万钱食，终老稽山旁。

诗中赞美荠菜坚强、不惧风寒的品德。荠菜从古至今都是人们喜爱的食物，在陕西民间百姓中，一个与荠菜有关的故事广为流传：

唐朝丞相王允的三姑娘王宝钏，抛绣球选婿时，被青年的薛平贵接到。薛出身贫穷，这门婚事门不当、户不对，遭到了王相爷和全家的反对。王宝钏个性十足，为争取婚姻自由，不顾家人的强烈反对，奔赴寒窑，与平贵成亲，他们住在郊外的"五典坡"。由于家中贫穷，一个大户人家的小姐，甚至吃不饱、穿不暖，王宝钏挎篮子去野地，剜荠菜充饥。

王宝钏的父亲发誓拆散两人，他依仗势力，让薛平贵赴西凉征战。薛平贵一走十八年，王宝钏在贫苦中等待夫归，踏矮沟口望夫坪，将曲江一带的荠菜都挖光了。

有一天，王宝钏走出三十里地，挖回一篮荠菜。在沟口，她看见窑前拴一匹红鬃骏马。她赶紧回到窑内，只见一位王爷打扮的中年汉子坐在炕上。她心中十分恼怒，拿起破扫帚，打闯进门来的王爷。王爷拉住她的手，深情地喊她的名字，王宝钏才认出此人就是分别十八年的丈夫薛平贵。

夫妻离别多年，重新相聚，有着说不尽的话。薛平贵拿出白面和大肉，要王宝钏包家乡的肉饺子，以示夫妻团圆。热腾腾的饺子端上来了，薛平贵吃不到肉味，馅子是荠菜做的，味有点儿苦涩。薛平贵看着王宝钏不说话，眼中落下泪珠。

南宋词人辛弃疾出生的时候，北方沦陷于金人，他以恢复故国为远大志向，却命运坎坷，屡受挫折，宏大的愿望难以实现。荠菜这种野菜，被他赋予了不一般的意义，他有一首词《鹧鸪天·陌上柔桑破嫩芽》：

> 陌上柔桑破嫩芽，东邻蚕种已生些。平冈细草鸣黄犊，斜日寒林点暮鸦。山远近，路横斜，青旗沽酒有人家。城中桃李愁风雨，春在溪头荠菜花。

辛弃疾满腔热血，意图恢复中原，可是由于朝廷昏聩，苟安偷生，一身抱负无法实现，痛恨之下写出此词。

一九三九年六月，汪曾祺只有十九岁。那一天，汪曾祺告别老家高邮，踏上出外求学的艰难之路。家中人送他到大运河边码头，他望着熟悉的小城、送别的亲人，心中一阵酸涩，眼睛里充满泪水。

汪曾祺生活在北京时，春天时节，偶尔能遇上卖野生荠菜的。菜市卖园子里种的，样子不好看，茎白叶大，无法和野生的相比较，况且无香气。农贸市场商贩卖的野生的，感觉不水灵，过于细瘦，"如一团乱发，制熟后强硬扎嘴"，荠菜不如家乡野生的有味。他看到荠菜，就想到过去的事情。

> 祖母是吃长斋的。有一年祖父生了一场大病。她在佛前许愿，从此吃了长斋。她吃的菜离不了豆腐、面筋、皮子（豆腐皮）……她的素菜里最好吃的是香蕈饺子。香蕈（即冬菇）熬汤，荠菜馅包小饺子，油炸后倾入滚汤中，嗤拉一声。这道菜她一生中也没有吃过几次。

汪曾祺钟情于家乡的菜。荠菜多凉拌，热炒很少有人吃。荠菜还可用来包春卷、包圆子,江南人常用荠菜包馄饨,这种做法叫大馄饨。"我们那里没有用荠菜包馄饨的。我们那里的面店中所卖的馄饨都是纯肉馅的馄饨,即江南所说的'小馄饨'。没有'大馄饨'。"他在北京有名的家庭餐馆,吃过一道"翡翠蛋羹"。汤碗里一半是蛋羹,另一半是荠菜,嫩黄和碧绿两种颜色,两种色彩绝不混淆,吃时搅拌均匀。

现代散文家周作人的《故乡的野菜》,平和冲淡、淡雅悠远,描绘出淡雅的风俗画。这是一篇思乡怀旧的文章,以荠菜为主要线索。野菜因为野,登不得大雅之堂。

日前我的妻往西单市场买菜回来,说起有荠菜在那里卖着,我便想起浙东的事来。荠菜是浙东人春天常吃的野菜,乡间不必说,就是城里只要有后园的人家都可以随时采食,妇女小儿各拿一把剪刀一只"苗篮",蹲在地上搜寻,是一种有趣味的游戏的工作。那时小孩们唱道:"荠菜马兰头,姊姊嫁在后门头。"后来马兰头有乡人拿来进城售卖了,但荠菜还是一种野菜,须得自家去采。关于荠菜向来颇有风雅的传说,不过这似乎以吴地为主。《西湖游览志》云:"三月三日男女皆戴荠菜花。谚云:三春戴荠花,桃李羞繁华。"顾禄的《清嘉录》上亦说,"荠菜花俗呼野菜花,因谚有三月三蚂蚁上灶山之语,三日人家皆以野菜花置灶径上,以厌虫蚁。清晨村童叫卖不绝。或妇女簪髻上以祈清目,俗号眼亮花。"但浙东人却不很理会这些事情,只是挑来做菜或炒年糕吃罢了。①

荠菜在立春后生长,民间流传一种说法:"宁吃荠菜鲜,不吃白菜馅。"有的地方有咬春习俗,餐桌上的盘子里,荠菜是应时的主题。

汪曾祺为了吃荠菜,曾经闹出个笑话。一天他路过钓鱼台国宾馆,看见墙外生长着一些荠菜。肥大的叶子,鲜嫩碧青。他走过去,弯下腰,采摘,然后装在提包中。门卫哨兵发现他的举动,觉得不可理解,不知他要做什么事,就问:"你在干什么?"汪曾祺微笑着不说话,拿一把荠菜给他看,哨兵马上明白了,微笑地走开了。这件事情后,他开玩笑地说:"那哨兵大概怀疑我在埋定时炸弹。"

---

① 周作人著:《故乡的野菜》,引自《知堂美文选》,第30~31页,长沙:岳麓书社,2017年版。

沽源画马铃薯

一九五八年夏天，汪曾祺被补划为"右派"，他感到前途迷茫，陷入孤寂苦闷中，极度绝望。他给老师沈从文写信，倾诉内心的痛苦。当时沈从文因高血压住在阜外医院治疗，由于自己的工作也不顺利，心情和汪曾祺差不了多少。接到学生的信，沈从文回了一封长信，达六七千字之多。在信中，他安慰身处困难与挫折的学生："担背得起百多斤洋山芋，消息好得很……应当好好的活，适应习惯各种不同生活，才像是个现代人！一个人生命的成熟，是要靠不同风晴雨雪照顾的……热忱的、素朴的去生活中接受一切，会使生命真正充实坚强起来的。"

老师的字是温暖的种子，播在他荒凉的心地上。老师的信让汪曾祺振作起来，增强了信心和勇气，面对艰难困苦的日子。

沽源马铃薯研究站有不少品种，基本不是当地出品，是从康藏高原、大小凉山调进来的。马铃薯在山西、内蒙古、张家口一带，是重要的蔬菜。这些地方的农村，差不多每家都有山

药窖,民歌里唱的真实。汪曾祺在写作家、山药蛋派创始人赵树理时说:

> 赵树理同志抽烟抽得很凶。据王春同志的文章说,在农村的时候,嫌烟袋锅子抽了不过瘾,用一个山药蛋挖空了,插一根小竹管,装了一"蛋"烟,狂抽几口,才算解气。进城后,他抽烟卷,但总是抽最次的烟。他抽的是什么牌子的烟,我不记得了,记得是棕黄的皮儿,烟味极辛辣。他逢人介绍这种牌子的烟,是价廉物美。

汪曾祺用了几笔,就勾画出赵树理的性格:"山西的作者群被称为'山药蛋派'。呼和浩特的干部有一点办法的,都能到武川县拉一车山药回来过冬。"每逢客人来,用大笼屉蒸一锅新山药,这是他们用以待客的美食。由于地理原因,在张家口的坝上和坝下,用山药、西葫芦配上几块羊肉爊,放在火上煨熟——属豪放派的一锅烩菜,吃着就和过年一样。

学者通过资料考证,认为马铃薯传入我国是在明朝万历年间。十六世纪,北京是全国政治、经济和文化的中心,外国政治家、商人及传教士连续不断地到来,荷兰等国的使臣觐见中国皇帝,把马铃薯作为礼物奉献,可能就是由此而引进来。蒋一葵,万历二十二年(1594年)的举人,在北京做官期间,喜爱寻碑访古,搜集古代诗歌。他著的《长安客话》中记述了明代中叶北京城郊种植土豆的史实,"土豆,绝似吴中落花生及蓠芋,亦似芋,而比较松甘"。万历年间另一位文人徐渭的《徐文长集》,载有咏洋芋诗：

> 榛实软不及，菰根旨定雌。
> 吴沙花落子，蜀国叶蹲鸱。
> 配茗人犹未，随羞箸似知。
> 娇颦非不赏，憔悴浣纱时。

徐渭经历了太多磨难，不想再入仕途，他寄情山水，结交了一批诗画之友，在文学、书法、戏曲和绘画方面获得了很大的成就。他到过的地方多，生活经验丰富，见多识广，写下了咏洋芋诗。

农学大师徐光启在《农政全书》中有关于洋芋的记载："土芋，一名土豆，一名黄独。蔓生叶如豆，根圆如鸡卵，肉白皮黄。可灰汁煮食，亦可蒸食。又煮芋汁，洗腻衣洁白如玉。"[①]

清代吴其濬的《植物名实图考》，还附有马铃薯的素描图，真实地绘出了不同花色、叶形的马铃薯。这一史料也证明在十九世纪前期，我国云南、贵州、陕西、山西、甘肃各地，已大面积地种植马铃薯，产量相当大。

马铃薯在传播过程中，不同地区根据当地方言，赋予其诸多名字。河北、东北叫土豆，内蒙古、张家口的称呼更具地域性，称作山药，山西则为山药蛋，云南、四川有点浪漫色彩，一个土蛋子竟然谓之洋芋。汪曾祺和土豆有过亲密的接触，认为除了搞农业科学的人，很少人喊其学名马铃薯。他曾经画过一套《中国

---

① 〔明〕徐光启著：《农政全书》，第416页，长沙：岳麓书社，2002年版。

马铃薯图谱》,这是出乎自己预料的作品。图谱原来要出版,由于一定原因未能实现。原稿不在他自己的手中,属于沙岭子农业科学研究所,"文革"中被毁掉,他只能感叹"可惜!"

到张家口沙岭子的农科所,汪最初的劳动是淘大粪、起猪圈粪。陈光愣回忆:上面派他跟一个又高又瘦胡子拉碴的老头一起赶大粪车。每天往返于沙岭子和张家口之间,在城里大街小巷招摇过市,骡子拉着大粪车在公路上地走,汪总是坐在车架上,头戴着护耳的深色绒帽,双手插在棉衣袖筒里,一面听着骡蹄的叩击声,一面默默地眯起眼在想,一副老实巴交的农人的样子。最锻炼人的当然是在寒冬刨冻粪了。室外零下几十度,人畜粪冻得硬如石头,得用钢钎、铁锹才能把粪弄进粪车。这样的劳动,汪也卖力干。汪自己在《随遇而安》中说:"像起猪圈、刨冻粪这样的重活,真够一呛。我这才知道'劳动是沉重的负担'这句话的意义。"陈光愣在《昨天的故事》中关于汪的描述是这样的:每每干得满头大汗、浑身蒸汽笼罩,背心汗渍了也不敢脱去棉袄,进入了中医所谓的"内热外寒"的状态。在劳动之余的政治学习会上,汪畅谈劳动心得体会,说:"古人为了治病,臭粪尚可嘴尝。现在改造思想,闻一闻臭粪又何妨?"(这是陈光愣的记述)汪自己后来则平静地说:"只要我下一步不倒下来,死掉,我就得拼命地干。"①

---

① 苏北著:《汪曾祺在张家口》,原载《读书》,2014年4期。

一九五九年底，给汪曾祺和几个劳动改造的人作鉴定，评定工人组长一致认为："老汪干活不藏奸，和群众关系好，'人性'不错……"工人组长讲究实际，做事情公平。一九六〇年，汪曾祺交了思想总结报告，经过所领导研究，宣布他结束长期劳动改造。

汪曾祺的工作发生了变化，他的首要任务是画画。他参加过地区农展会美术工作，展览牌上有一幅很大的松鹤图，古典风味色调，是他拿各种土农药粘出来的。当地美术中专的一位教员，喜欢这幅独特的画，特意带着学生前来学习。他在所里时，曾经布置过"超声波展览馆"。很难表现超声波，如何用图像表现？因为声波是看不见的。琢磨半天，他画了多种农林牧副渔产品，然后拿圆规蘸上白粉，一个小圈，一个大圈，画出大小不同心的圆。

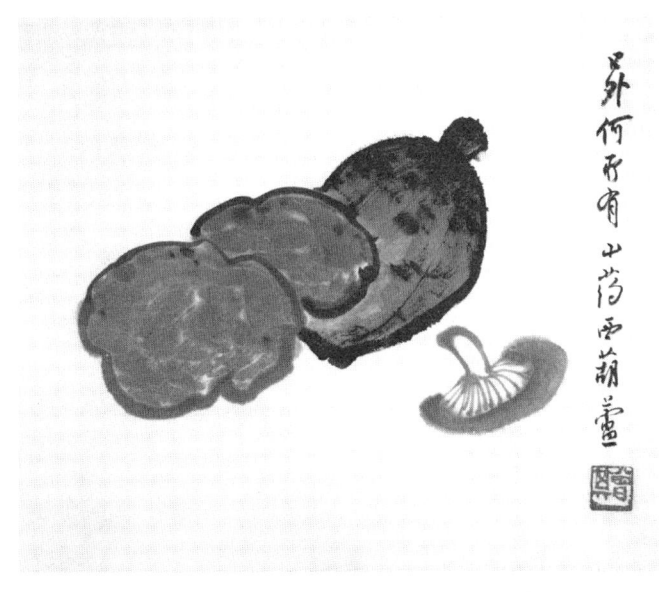

一九六〇年，汪曾祺结束一年多的劳动改造生涯，一时没有地方可去，就留在所里打杂。所里要画马铃薯图谱，任务交给他了。

研究所在沽源有一个下属单位，叫马铃薯研究站。马铃薯属于高寒地带作物，在南方种几年就退化，需要到坝上调配新品种。沽源基地供应全国马铃薯种，集中各地的品种，不下百十来种。

临行前，汪曾祺在张家口做足准备工作，买了纸、颜色和笔，带上从沙岭子新华书店买的《癸巳类稿》《十驾斋养新录》《容斋随笔》。他弄不明白，沙岭子新华书店，会进这几种书，要不是他买，恐怕永远都卖不出去。

八月下旬，一天清晨，汪曾祺从张家口坐上长途汽车，临近晌午时分到了地方。沽源县地处河北省北部，闪电河上游，邻内蒙古自治区。沽源古时原是军台，是清代在新疆和蒙古西北两路传递军报和文书设置的邮驿。如果官员犯罪，皇上下令"发往军台效力"，就是在此。汪曾祺在书中看过龚定庵的说法，发往军台效力的官员不到任，而是住在张家口，花钱雇人代为效力。清代文学家龚自珍，号定庵，他有一首政治诗《己亥杂诗》：

九州生气恃风雷，万马齐喑究可哀。
我劝天公重抖擞，不拘一格降人才。

汪曾祺对这首诗很熟悉，他这次来不是体验生活，考证驿站的历史情况，而是"效力"来了。由于条件艰苦，他苦中作乐，在带来的《梦溪笔谈》的扉页上，用笔画了一方图章"效力军台"，给寂寞中的自己找点乐子。

沽源在清代一段时间内，叫作独石口厅。独石口在河北赤城县，北部与沽源接壤。它是明长城宣府镇上的重要关口，故有"上谷之咽喉，京师之右臂"的说法。龚定庵说"北行不过独石口"，在他看来走过独石口，就是出关了，是很北的地方。那里冬天非常寒冷，出口外打工的人说："冷不过独石口。"当地曾下了大雪，西门外积雪与城墙一般高。汪曾祺好奇，为了看城墙，走到跟前，觉得失望：这样还能叫城墙，实在矮点。他感觉自己不算高，伸手都能摸到城墙上头。

沽源只有一条大街，从南门开始散步，不过十几分钟，就能走出北门。外面是一片草地，有人在套马，水塘中有一群野鸭子在浮游。城里大街的两边，隔不远处种了棵杨树，拿土墼围起圈。可能怕牛羊啃吃，同时又挡风。汪曾祺搭一辆牛车去研究站，新到了陌生的地方，人生地不熟，他又急于报到，免得迟到造成不好的印象。可是牛车却不紧不慢地走，他急得要命。他坐的牛车实在落后，两个木头轱辘和饼子一样，本地人叫它二饼子车。急也没有用，只能任凭牛的慢节奏。他躺在车厢里，随着车颠簸，望着蓝天和无边无际的大地，思绪时断时续。

汪曾祺在沽源画马铃薯图谱，这段日子无拘无束，过得安闲自得。他完全可以凭借自由意志行动，不用开会，不参加学习，更无领导找他谈话。他可以每天听鸟儿鸣唱，拿笔画土豆，一个个画不尽。

清晨起来，他走进地里，穿着浅勒靴子，蹚着浓重的露水，掐两朵马铃薯的花，摘两把叶子，回到宿舍插在玻璃杯里，对着它们摹描，一笔笔地画。他的时间分配合理，感觉不到太累，上午画花,下午画叶子。花到了下午,会丢失去水分变得蔫巴。他每天重复做一种工作,他的眼睛里都是马铃薯,呼吸中也散发它的气味。天气逐渐转凉,马铃薯陆续成熟,他开始画薯块。还要把马铃薯切开一半,画剖面。一块马铃薯画完了,薯块无用处,放入牛粪火里烤熟,剥掉烫手的皮,香喷喷地吃掉。

汪曾祺吃过多少种马铃薯,他自己说不清。在寂寞中他会与马铃薯开玩笑。他分析品评:男爵个头最大,一个可达两斤,紫土豆的皮色深紫,肉黄恰似蒸栗。他曾经扛一袋紫土豆回北京。那年春节前后,一家人吃了好几天。另有一种马铃薯,生着可当水果吃,甘甜味美,只是长得太小。

汪曾祺在口外下放那几年,常年不在家,所有的重担都落在妻子身上,因为大人工作忙无暇顾及,三个小孩子整托在幼儿园。每次回京,汪曾祺都内心充满负疚,尽量弥补自己欠家中的情债。他不怕旅途劳累,从沽源背回土豆、蘑菇之类的土产,还分给邻居和同事。

汪曾祺画马铃薯时,天天与它打交道,发现花没有香味,只有麻土豆的花有香味。他将此发现告诉研究人员,他们惊讶奇怪:"是吗?——真的!我们搞了那么多年马铃薯,还没有发现。"

> 马铃薯的花是很好画的。伞形花序,有一点像复瓣水仙,颜色是白的、浅紫的,紫花有的偏红,有的偏蓝,当中一个高庄小窝头似的黄心。叶子大都相似,奇数羽状复叶,只是有的圆一点,有的尖一点,颜色有的深一点,有的淡一点,如此而已。我画这玩意又没有定额,尽可慢慢

地画。不过我画得还是很用心的，尽量画得像。

汪曾祺在沽源，塞外荒凉，远离亲人和朋友，每天只有面对着马铃薯，能说两句话的人也很少，寂寞逼得人疯狂。他写过长诗，记述当时的生活，代替书信寄给老朋友。其中有两句：

坐对一丛花，
眸子炯如虎。

这个朋友是黄永玉，多少年后，关于画马铃薯图谱，这位老友回忆道："他下放到张家口的农业研究所，在那里好几年，差不多半个月一个月他就来一封信，需要什么就要我帮忙买好寄去。他在那里画画，画马铃薯，要我寄纸和颜料。"

当年下放的艰苦生活，已经变成汪曾祺的人生财富。在汪曾祺看来，经历过痛苦和磨难，与精神融为一体，化作激情，让他有了创作的动力。苦难教会人很多东西，面对生活，他以纯净的心境，摆脱浮躁、虚妄的世界的干扰，静下心来思考人生。

那一套《中国马铃薯图谱》的丢失，实在是巨大的损失，太可惜了。汪曾祺在各种场合提到过此事。惋惜归惋惜，他爽快地说："薯块更好画了，想画得不像都不大容易。"这不是自我安慰，多用善眼看世界，失去未必是坏事，不要过于计较人生的得失。他在思想汇报中写道：

赵所长、王所长、李支书：

兹将我最近时期工作和思想情况简单汇报如下：

我七月底离开沙岭子到沽源，稍事整理，即开始绘画马铃薯的花和叶子。迄至现在为止，已画成六十余幅。其中部分是兼画了花和叶子的，部分的只画了花，小部分是只画了叶子的。我每天早起到田间剪取花、叶，回来即伏案作画。因为山药花到了下午即会闭合或凋落，为了争取多画一二丛，我中午大抵是不休息。除吃午饭外，一直工作到下午七时左右。每天的工作大概有十一二小时。晚上因为没有灯；且即便有灯，灯下颜色不正，不能工作，只好休息。已经画成的各幅，据这里李敏同志和陈先雨同志鉴定，认为尚属真实。我自己知道，我幼年虽对绘画很有兴趣，但从未受过严格训练，用笔用色，都不熟练，要想画得十分准确而有生气是颇困难的。

我来得晚了，大部马铃薯已经过了盛花期。今年天旱，来后未降大雨，花未续开。现在原始材料圃的花已零落殆尽，只能画叶子了。而且叶子不少也枯萎了。总之全部中国品种今年是无法画完了，只好等到明年补画。昨天已经开始收获，再画几天叶子，就要开始画薯块了。

画薯块，到底怎样画法，须待陈先雨同志回来与付令仪同志等商量后决定。老付原来只说画薯块，陈先雨同志说最好等休眠期以后连同芽子一起画。我没有意见，领导上怎么决定我就怎么执行。此事先雨同志回所后必当跟你们商量。希望能有一个明确决定。如需画薯芽，我即作在坝上过冬的准备，否则即当计划在一定时期后，结束工作回所。

我在此地工作的情况，先雨同志当会向你们当面汇报。

我在沽源半个多月，情绪一般是安定平稳的。我对现在所从事的工作的意义是了解的，对于领导上决定让我来做这个工作，能够发挥我的（虽然不是专擅的）特长，来为党、为人民服务，我是十分感激而兴奋的，所以我在工作中一般尚能慎重将事，争取主动，不敢稍微懈怠。

我最近的思想问题，主要仍是个人主义未能克服干净。这主要表现在两个方面：

①是对于何时分配工作，何时能摘帽子，还时时想到。我想到去年也差不多这个时候派我出去画画的，结束工作后曾作过一次鉴定，今年九、十月后，离我下来快近两年了，是不是也会作一次鉴定呢。鉴定以后，会不会有什么新的决定呢？我写信给杨香保同志时，曾问他"有无令人兴奋的消息"，充分说明了我的这一方面的思想情况。这个问题，在所内时想得还更多一些，到坝上后，因为工作紧张，想到工作的意义，又经我爱人劝说"不要老是想到何时分配工作，现在不是已经在工作了么"，现在已经想得较少，或者暂时已经不想它了。

②对于"是不是甘心情愿作一个平凡的人"，即作一个普通劳动者的问题，仍未彻底解决。

我对现在的工作是有兴趣的，但觉得究竟不是我的专长。有一晚无灯黑坐，曾信笔写了一首旧诗："三十年前了了时，曾拟许身作画师。何期出塞修芋谱，搔发临畦和胭脂。"（三十年前，被人称赞颇为聪明的时候，曾经打算作一个画家,没有想到到塞外来画山药品种志的图,搔着满头白发在山药地旁边来和胭脂。)我总是希望能够再从事文学工作,不论是搞创作、搞古典或民间文学,或者搞戏曲,那样才能"扬眉吐气"。问题即在于"扬眉吐气",这显然是从个人的名位利害出发,不是从工作需要出发,对于"立功赎罪"距离更远。这是一方面。

另外一方面,是我在从事现在的工作的时候(以前在从事到的工作时也一样),觉得这样已很好。一般的工作,我大概都可以产生兴趣,自信也会勤勉地去作,领导上、群众也不会有多大意见。这样看起来好像是老老实实,安分守己;但实际上是随遇而安,无所用心,不问大事,但求无过,跟党保持一定距离,不能真正产生愉快鼓舞的心情,不能产生奋不顾身的主动性和积极性。我的年龄逐渐大了,今年已经四十岁,我很怕我会成为这样的精神上是低头曲背的人。这是一种没落者的情绪。

以上所说的两方面,实际上是一个东西,即不能"忘我",还是个人主义盘踞在心里作怪。我经常在和我这两种思想作斗争,但是实际没有彻底解决。这将是一个长期的、艰巨的斗争过程,我很希望领导上在我的斗争过程里给予启发和帮助。

如有时间,很希望能来信指示。

敬礼!

汪曾祺 八月十七日

有一次，汪曾祺走得很远。天气忽然变坏，天空暗下来，一道闪电刺开灰重的云层。雷声巨大，一排排持续不断，低沉有力，发出强大的力量。人在大自然面前感觉恐惧，这是他从未体验过的。头上阴云翻滚，仿佛张开灰色的獠牙，要吞噬一切。一个人，站在空旷的草原上，会觉得自己很渺小，只是个黑点。

天气凉了，汪曾祺未带换季衣裳，借此离开了沽源。剩下未画完的马铃薯，是带回沙岭子完成的。

汪曾祺想过，这辈子不会再去沽源。

菜中灵芝

一九七二年,五十二岁的汪曾祺,已经是知天命之年。这年四月,他与杨毓珉、阎肃等人接受新任务,赴内蒙古体验生活,准备改编《草原烽火》,写"草原游击队"。于是一行人打点行装,匆匆赴内蒙古,在草原上从东到西,有一千多里路。晚上他们在偏远无人居住的草原上,听着夜鸟的怪叫,和牧民挤在蒙古包中,吃羊肉糜子米。几个人乘坐一辆吉普车,等回到呼和浩特时,车窗的玻璃差不多被颠碎一半。辽阔无际的草原上,根本无公路可行,有的沟坎隐藏在草中,车子几乎是冲过去的,颠簸程度的难以用语言表达。杨毓珉回忆中说:"最后的结论是:草原上根本没有游击队。一望无际的大草原,隔二三十里有几个蒙古包,大队人马进草原,吃什么?总不能背着粮食进去。"内蒙古的游击队活动在大青山一带,偶尔碰上日本鬼子扫荡,就躲进草原藏起来,扫荡一过又回来了。发动牧民斗争王爷的情节不可能发生。

一九七四年,汪曾祺去呼伦贝尔草原体验生活,作家兴安的父亲负责接待。当时只有十二岁的兴安,第一次见到大作家汪曾祺。第二天饭后,一行人去看大草原,时值六月,黄色的小花铺满草原,草木丰茂,开满黄色的金莲花。他非常兴奋,做打油诗一首:"草原的花真好看,好像韭菜炒鸡蛋。"这幽默引得同行大笑,大家留下了美好的记忆。

汪曾祺一行人到了呼伦贝尔草原,酣畅地喝酒吃羊肉,让生活多了点调剂。这次体验生活,有西南联大的同学相伴,汪曾祺无离家在外的愁思。杨毓珉是汪西南联大的同学,两人的友谊长达五十五年,汪曾祺替他写过读书报告《黑罂粟花——李贺诗歌编读后》,当年的汪曾祺二十多岁。据说老师闻一多读了报告,满意地说道:"比汪曾祺写得好。"老师不知道幕后的真实情况,此文实乃出自汪曾祺之手。

杨毓珉出生在山东蓬莱的书香世家,杨氏家族也出过不少官宦和文化人。杨毓珉早年考入国立艺专学习绘画,后来复考入西南联大读中文系。

杨毓珉和汪曾祺同宿舍,分配在二十五号。一九四三年下学期的时候,两人搬出宿舍,在民强巷租了间房子。一九四四年,杨毓珉毕业前应征入伍,随美军去过越南等地。深秋时季,落叶飘飞,他从越南前线回昆明休假,上老地方探望友人。当时汪曾祺住在一间五平方米的房子里,家徒四壁。杨毓珉回忆当年的情景,写下这段文字:

> 屋里只有一张三屉桌、一个方凳,墙角堆了一床破棉絮、几本旧书。原来此公白天在桌上写文章,晚上裹一床

破棉絮，连铺带盖地蜷缩在这张三屉桌上。看起来能卖的都在夜市上卖了，肯定时不时还要饿几餐饭。①

杨毓珉看到汪曾祺这个样子，找过去的舍友周大奎求助。此时周大奎正四处奔波，筹备中国建设中学，由于杨毓珉的联络，汪曾祺谋到了教书的职位，生活变得安稳，不用为了生存到处求职。

在中国建设中学的日子里，汪曾祺没有闲下来，这段生活为他提供了好机会，使他得以观察复杂的社会，他写出了《小学校的钟声》《复仇》《落魄》《老鲁》。"当时没有地方发表。后来由沈先生寄给上海的《文艺复兴》，郑振铎先生打开原稿，发现上面已经叫蠹虫蛀了好些小洞。"抗战胜利以后，杨毓珉结束随军翻译员的部队生涯，毕业后，曾经在中国建设中学担任教务主任。

一九四五年夏天，施松卿从西南联大毕业。太平洋战争时，日军占领马来亚，到处追捕杀害爱国华侨。施松卿的父亲和当地群众关系相处得好，没有被人告发，幸运地躲过灾难，但家中的境况已大不如从前。她毕业以后留在昆明，去建设中学做教师。在这里，她遇上中文系的汪曾祺。一九四六年，西南联大复员，迁回北平，他们为了生活各奔东西。

这一年，汪曾祺和施松卿随着大批知识分子回到了内地。汪曾祺去上海私立致远中学做国文教员；施松卿回到福建，住了一

---

① 杨毓珉著：《汪曾祺不为人知的二三事》，原载《北京晚报》，2017年5月24日。

段时间，然后去北京大学西语系给冯至先生当助教。

施松卿安顿下来后，在上海的汪曾祺辞职，第二年来到了北平。由于没有找到工作，他在北大红楼同学的宿舍里，搭一个临时铺位，每晚挤着睡。由于没有收入来源，汪曾祺生活上花费全靠施松卿，后来沈从文为他联系在历史博物馆任职。

一九五〇年，解放军第四野战军组织南下干部工作团，招收年轻的知识分子，汪曾祺报名。他写当时的想法，"我原想随四野一直打到广州，积累生活，写一点刚劲的作品。"临行前，他与施松卿举行了简朴的婚礼。那一天两人办手续，去一家小照相馆，拍了结婚照。从保存的照片上能看出当年的样子：穿着刚发下的绿军装，眼睛中充满对未来的希望。

四月，作为巴金主编文学丛刊之一种，他的第一部作品集《邂逅集》，由文化生活出版社出版。

五月，汪曾祺随南下干部工作团出发，然而才到武汉，组织就安排他留下来接管学校，先在武汉文教局工作，后到第二女中当教导副主任。一九四九年以后，杨毓珉在北京文化处供职。受杨毓珉的请托，文化处副处长王松声——他是西南联大校友，出于爱惜人才，发出一封商调函，将汪曾祺调回北京，分在自己任职的文化处工作。汪曾祺去世以后，作为好友的杨毓珉，怀念一生同学和朋友，写下回忆文章，记录当年的情景：

> 和汪曾祺相识在一九四二年，那时同在昆明西南联大读中文系，恰巧又同住在二十五号宿舍（这个名字在他的著作中曾多次出现过）。同屋还有一位哲学系的同学周大

奎，他提议成立一个剧社，我们这些爱好文艺的人举双手赞成，于是暂定名"山海云剧社"。一九四二年暑假就演出了曹禺的《北京人》，我负责舞台设计兼演江泰，曾祺专门管化妆。这次演出相当成功，卖票赚的钱置备了许多灯光布景器材，"山海云剧社""富"起来了。

一九四二年的下学期，我们同时听一堂《中国文学史概论》的课，讲到词曲部分，老师和学生一起拍曲子（唱昆曲）。曾祺很聪明，他能看着工尺谱吹笛子，朱德熙唱旦角（此人在曾祺的《昆明的雨》中提到过，八十年代曾任北大副校长），我跟他们学着唱。我记得最常唱的曲子是《思凡》，德熙唱的那几句"小尼姑年方二八，正青春被师傅削去了头发……"真是缠绵凄婉、楚楚动人。这是我和曾祺初次接触戏曲。

一九四六年西南联大迁回北平，我们这些已经毕业的学生更是人心惶惶，各找门路。有钱的多从空中飞返内地，曾祺和他的未婚妻就属于这一类。施松卿家在福建，通邮后寄来一笔钱，于是双双飞返上海，据说在上海一个中学教了一年书，又在北平投靠沈从文先生，当了一名故宫博物院的馆员。我只好乘难民车去了湖南，在湘西一个中学当教员。原想教一年书攒点路费北上，没想到解放战争开始了，铁路不通，直到一九五○年初才返回北京，在北京文化处任职。后来打听到曾祺的夫人施松卿在新华社工作，找到她的家，才知道曾祺一九四九年随四野南下，在武汉的一个中学当教务主任。他的夫人很为他们的家庭离散发愁。回来后我找到了当时任北京文化处副处长的王松声（他也是我们西南联大的戏友），我提起汪曾祺，他表示欢迎。一封商调函曾祺便于一个月后回到北京（那时的人事手续没有后来那样复杂），从此我们又同住在一个宿舍里，同在一个单位工作，我在文化处负责戏剧工作，他在文联编《北京文艺》《说说唱唱》。我们习惯将这两个单位叫做一个机构两块牌子，因为党委是一个。①

一九六二年，汪曾祺写信给在北京京剧团任艺术室主任的杨毓珉，说出自己的想法，愿意上北京京剧团。杨毓珉二话不说，便去找剧团党委书记薛恩厚，他和副团长肖甲商量，调汪曾祺来京剧团工作。后来经过组织研究同意，汪曾祺在剧团担任编剧，直至退休。

汪曾祺与友人同行，上内蒙古调查抗日战争时期的游击队材料，准备改编《草原烽火》。他寻根查据，读过好多资料，都说当时部队艰苦，没有粮食吃是经常事情，更多的吃"荄荄"。这个"荄荄"是什么东西？这时难住他了，"再说'荄'读gai，也不读'害'呀！"有一天，在草原上有人找了一棵实物，他一看"荄荄"，就明白是何物，这是薤，音为xie。他见多识广，认为是各地发音不同，造成一些误会，由此而来。"内蒙古、山西人每把声母为x的字读成h母，又好用叠字，所以把'薤'念成了'害害'。"拿着薤端详，浮出汉代的挽歌《薤露》："薤上露，何易晞，

---

① 杨毓珉著：《汪曾祺的编辑生涯》，原载《中国京剧》，1997年第4期。

露晞明朝还落复,人死一去何时归?"说法有道理,薤叶挂不住多少露水,生命恰似叶子的露水很快晒干,不可能重生。

古人云:"物莫美于芝,故薤为菜芝。"北方人现在不大吃薤了,南方人正相反,还是经常吃的,它们叫法差不多,鳞茎称为"藠头"。汪曾祺认为,现在南方的年轻人,和以前的人不一样,很多不认识"藠"字。有一次他在韶山参观,看到一份材料中,说起当年用的土造手榴弹,叫作"洋藠古",更有意思的是讲解员,真的读成"洋晶古"。南方吃的藠头大都是腌制,无非是加醋,味道酸甜。加入辣椒,有酸甜和辣的味道,极其开胃。

《礼记·内则》记四时调配饮食法时说到"膏用薤":将动物膏脂与薤合烹。南朝刘义庆《世说新语》记有"蒸薤",说的就是将薤蒸熟。隋炀帝是酿制"玉薤酒"的高手,他用薤菜酿出来的酒,甘美清洌,香气浓郁。到了唐代,人们用酥炒的薤白泡酒。白居易的《春寒》诗曰"酥暖薤白酒",将酥炒薤白投于酒中,令其别有风味。杜甫喜欢薤,《秋日阮隐居致薤三十束》中云:

束比青刍色,圆齐玉箸头。
衰年关膈冷,味暖并无忧。①

诗中对薤白的描述:茎叶翠绿,鳞茎白玉似的好看。"安史

---

① 〔唐〕杜甫著:《杜甫全集》,第520页,珠海:珠海出版社,1996年版。

之乱"中诗人由于灾荒、战乱而流转离散,生活十分艰难,四处流浪,饱受战乱之苦,自然"衰年关膈冷"。当他饮下薤白以后,"关膈"马上缓解,心情好起来,经受的一切痛苦,消散得无踪影,不知去向,生出"味暖并无忧"的兴奋之情。

薤白降血压、通阳气,同时也是抗菌消炎的食疗佳品。其所含的香气和辣味,能促进消化功能与血液循环。李时珍《本草纲目》记载:"陆郭坦兄得天行后,随能大餐,每日食至一斛,五年家贫行乞。一日大饥,至一园,食薤白一畦,大蒜一畦,便闷极卧地,吐一物如龙,渐渐缩小。有人撮饭于上,即消成水,而病即疗也。"薤是中药,谓之"薤白"。祭典的清供,南方许多地方的人,清明祭祀时,用薤菜和萝卜干小炒,与"三牲"一起供奉祭祖,然后分给祭扫亲人,这叫"分胙肉"。

薤是植物,许多人知道,湖北省襄樊市所辖谷城县,有一座海拔一○九九米的大山,名叫薤山,它和植物薤同一个字。谷城人从古至今,把这个字读成"害"。

植物薤和薤山,它们不搭边的东西,却是存在的事实。它们背后都有历史,不仅名字存在。

种葱和种薤:葱为三支一束,薤为四支一丛。葱、薤亦食亦药,"葱三薤四"说的是葱和薤的特点,反映古人对葱和薤的认识。《汉书》中说,有一读书人,姓龚名遂,官至太守后仍不忘百姓。因汉末兵乱,军阀混战,导致疾病流行,龚遂劝民众大种葱薤,以防治疾病。他规定:"人一口,种五十本葱,一畦韭,百本薤。"

从学者研究古代大中原地区蔬菜的变迁中,可以看出薤在不同时期的发展变化。

先秦时期，由于生产力水平低下，对外交往相对有限，蔬菜的种类比较匮乏。所谓百菜，除五荤菜(韭、蒜、芸苔、荽、薤)外，主要是葵、苜(蔓菁)、苴(车轮菜)、蘩(白蒿)、薇(野豌豆)、荼(野地菜)、瓞(冬瓜、葫芦)、(羊蹄菜)、蓼、蔌(芹菜)、荠、苦、茆、荇、苔、(都是野地菜)等。其特点是野菜居多，性味苦、涩、滑，总体质量较低。秦汉时期，原来的五荤菜中的"芸苔"（油菜）退去，补之以"葱"，五荤菜变成葱、蒜、韭、葫荽和薤。主要的蔬菜则为葵、蔓菁、莱菔(萝卜)、芹、苜蓿(光风草)、姜、罗勒(兰香)、荷(嘉草)、胡瓜(黄瓜)、菘(白菜)、茭白等。其性味也逐渐过渡到甘、凉、温、平。唐宋时期，五荤菜中的"薤"为姜所代替，再变为葱、姜、韭、蒜和芫荽。主要的蔬菜为葵、蔓菁、萝卜、白菜、苜蓿、马齿苋、芹、鸡肠草、冬瓜、黄瓜、茄子、菠菜等。蔬菜的品种基本上已接近当代的水平。元明清时，蔬菜在原有基础上又增加了胡萝卜、丝瓜、豆角、辣椒、西红柿、洋葱等。使蔬菜的品种更为齐全，质量更高，且酸、甘、苦、辛、咸五味日趋俱全。由此可见，古代中原地区主要蔬菜品种在不同时期都有所变化。这些变化与古代中原地区的对外交往、生产力发展状况以及中原人民的生活质量密切相关。[1]

---

[1] 刘海峰，马临漪，余全有著：《古代大中原地区主要蔬菜的变迁》，原载《经济经纬》，1999年第2期。

有一首歌谣:"小根蒜,大脑瓜,又好吃,又好挖。"小根蒜是典型的蘸酱菜,可做炒菜、包馅及做汤。

汪曾祺做得一手好菜,他对小根蒜很有研究。他在作品中卖了一下关子,不采用民间俗称,而用学名藠头,显得洋气。读其美文可增长植物知识,这种大地野菜,他写出来,别人怕不敢再写了。

小根蒜碰上叶子肥绿的,必须往下深挖,浅了就会挖断根,分成两截,只见其茎,看不到蒜脑袋。叶子不精神的,小心连根儿拔起。小根蒜清水洗净,叶上沾着水湿,蘸一下鸡蛋酱,豆子酱,在咀嚼中交融,生出特有的味道。小根蒜用盐腌制,抹上辣椒面是风味小菜。

汪曾祺感叹时代的不同,南方人很少知道藠头,北方人好不到哪去,能识藠头的人也不多。北京的食品商场偶尔有从南方运来的藠头,当地人端详半天,离身而去。

汪曾祺遇上好东西,绝不会放过,会多买一些,请几位北方同志尝尝。他会观察每一位神情的变化,有人闭着眼睛嚼几口,皱着眉头说:"不好吃!——这哪有糖蒜好哇!"想介绍藠头的历史,还有其好处,瞧眼前的情景,不好意思开口,怕惹得人们厌烦。他想劝人们不要偏食,人世间的东西都尝一下,不管是古代的,还是外地食物,对自己都有好处。

杨花萝卜惹人馋

　　杨花萝卜与樱桃长得差不多，又叫樱桃萝卜。因上市的时间恰好是杨花撒落的季节，就得了美妙的名字。其实说白了，就是北京的小水萝卜。汪曾祺的家乡美其名曰杨花萝卜，赋予了季节感。

　　高邮距省会不过一百多公里，南京人流传一句话："香椿头，河蚌汤，杨花萝卜惹人馋！"传说乾隆皇帝第六次下江南时，一路上，吃过各种山珍海味，在南京尝到了杨花萝卜后，感到格外的好吃，将进贡小萝卜的当地官员夸奖一番。每年清明节前后，正是杨花萝卜鲜嫩时，南京人喜欢切一盘，配以作料拌匀，咸鲜脆嫩的凉拌杨花萝卜就做成了。

　　汪曾祺的家不远处，街口有一家茶食店，前门有一个岁数大的女人，每天摆小摊子，卖一些便宜的小零食，供往来的孩子食用。每当杨花萝卜下来，她也捎着卖萝卜，一把把地扎好，整齐地码着。她经常往上掸点水，保持萝卜的水分，不让风吹干，总是鲜红的。买萝卜，要花上一个铜板，她拿小刀给客人切下三四根萝卜。萝卜脆嫩，甜味充沛。一九三九年，汪曾祺十九岁离开家乡后，再未吃过这样好吃的萝卜。"或者不如说自我长大后没有吃过这样好吃的萝卜。小时候吃的东西都是最好吃的。"

杨花萝卜能当水果洗净生吃，也能拌萝卜丝。汪曾祺是做菜高手，对喜爱的萝卜，他斜切薄片，再切成细丝，加入酱油、醋和香油拌，撒上青蒜，开胃。家乡的小孩子们，时常唱个顺口溜：

人之初，
鼻涕拖；
油炒饭，
拌萝菠。

高邮话属江淮官话，介于吴方言和北方方言之间，所以把萝卜，说成为萝菠。油炒饭加上葱花，在农村是美食，如果有盘拌萝卜丝，口味更特别了。

汪曾祺的家乡摆酒席，萝卜丝拌海蜇皮，与其他的几样菜——香干拌荠菜、盐水虾、松花蛋，均为凉碟。长期在北方生活，他觉得北京的拍水萝卜味道不错，少入白糖。清淡的水萝卜切片，氽羊肉汤，吃后让人不忘。老北京春季有时令素菜，新鲜的小萝卜上市，配以六必居干黄酱烧小萝卜，既好吃，又下饭。来北京之前，从未听说过，老家杨花萝卜不能熟吃。

汪曾祺十九岁离开家人，一个人在外漂泊，随着时间流逝，家乡变成美好的回忆。复杂的生活经历，巨大的落差和文化思潮的嬗变影响着他，文学是他的精神寄托。他得意地说起家乡，就

188 汪曾祺和他的植物

连吃普通的小萝卜,都有不同于一般的地方。

我们家乡有一种穿心红萝卜,粗如黄酒盏,长可三四寸,外皮深紫红色,里面的肉有放射形的紫红纹,紫白相间,若是横切开来,正如中药里的槟榔片(卖时都是直切),当中一线贯通,色极深,故名穿心红。卖穿心红萝卜的挑担,与山芋(红薯)同卖,山芋切厚片。都是生吃。

紫萝卜不大,大的如一个大衣扣子,扁圆形,皮色乌紫。据说这是五倍子染的。看来不是本色,因为它掉色,吃了,嘴唇牙肉也是乌紫乌紫的。里面的肉却是嫩白的。这种萝卜非本地所产,产在泰州。每年秋末,就有泰州人来卖紫萝卜,都是女的,挎一个柳条篮子,沿街吆喝:"紫萝——卜!"

汪曾祺写小时候家乡卖紫萝卜的情景,恰似一幅水墨风情画。淮安在江苏省中北部,地处长江三角洲,是苏北重要的中心城市。在他童年的记忆里,有一次,父亲雇条船,带着他陪母亲到淮安就医。小船途中停泊,父亲在船头钓鱼,船舱里挂着淮安盐卤大头菜,那种气味一直存在他记忆中。至于母亲的模样,却一点都记不住了。

一九三七年七月七日,日军在北平挑起卢沟桥事变,抗日战争全面爆发。汪曾祺暑假回家后不久,江阴即告沦陷,南菁中学不可能回去了。此后的两年,他先后借读淮安、盐城的高中,以及迁到高邮的扬州中学。

汪曾祺在淮安，第一回吃到青萝卜。在淮安中学借读时，每逢星期日，汪曾祺总会买上七八个青萝卜，一堆花生，和几个同学边吃边聊，倾吐内心的真情。后来他去天津也吃过青萝卜，没有觉得淮安的青萝卜比天津的好。

天津盛行吃萝卜，五十年代初，汪曾祺去过一次天津，同学的父亲请他们到"八大天"的天华景听曲艺。天津民谣说："南有上海大世界，北有天津八大天。"这个地方在天津无人不知，无人不晓。新中国成立前，劝业场设有天宫剧院、天华景戏院、天乐戏院、天纬球社、天露茶社、天升戏院、大观园，还有屋顶夜花园"天外天"。每到周末，上天华景看相声表演的观众相当多。座位的前面是一排长案，上面摆满大小碟子，茶壶和茶碗，瓜子、花生和米碟子，几大盘中，盛着切好片的青萝卜。听玩意儿、吃萝卜，这样风俗别的地方是见不到的。天津民间有一句话："吃了萝卜喝热茶，气得大夫满街爬。"

汪曾祺吃的是天津小刘庄的萝卜，这种青萝卜色绿味佳，不愧"好吃不辣的刘庄萝卜赛鸭梨"的美誉。清代诗人崔旭《津门百咏》中赞曰：

> 声声唱卖巷东西，不数茨菰与荸荠。
> 烂嚼胭脂红满口，杨村萝卜赛鸭梨。

"卫青萝卜"是天津传统的四大名菜之一，元代已经有记载，具有六百多年的历史。"沙窝的萝卜赛鸭梨""沙窝的萝卜嘎嘣脆"，这是天津流传的两句俗语。清末民初年间，每逢秋冬两季，街头巷尾、旅店、澡堂、戏院和茶社等地方，就会听到青萝卜的叫卖声。青萝卜不被人们视为蔬菜，而是美食。茶余饭后吃几片青萝卜，一股气流从肚中升起。打个不大不小的嗝，顿觉浑身舒畅，五脏通气，胃开心爽。沙窝的青萝卜好吃，因为那里的土壤适合生长。

相传，明朝嘉靖年间，明朝严嵩为了取悦皇帝，将整株荔枝树由南方船运至津，到岸后，急取树上荔枝飞速送入北京皇宫以保其鲜，而荔枝树根部之土则顷于天津小刘庄一带海河岸边，经年积沙土十余亩。当时农民利用其土种植青萝卜，获得了品味极佳的萝卜，后移植西郊的沙窝村，于是沙窝萝卜便名声大振。

故事前面加上"民间"两字，无法用事实断定，但不论怎么说，天津卫西郊辛口镇一带确实产沙窝萝卜。其圆筒形，拳头一般粗细，约有尺把长，顶着绿樱，浑身上下青碧绿。萝卜遇上刀不用费力气，稍微一动立即裂开。不小心掉到地上，可以摔成几瓣。

卫青萝卜从天津产地运到北京卖，北京人叫惯口儿，便成为青萝卜，这么传下来。

汪曾祺在北京不仅遇到卫青萝卜，还有心里美萝卜。一九四八年冬天，他来到了北京，觉得偌大北京，没有帝王将气，街头巷尾听到吆喝："哎——萝卜，赛梨来——辣来换……"声音高亮，很远就能听到。商贩们把萝卜洗干净，挑出好的刻成花，红心绿皮，挂在车上以吸引顾客。萝卜一个个挑过，用指头一弹，发出清脆响声，刀切下去，只听得"咔嚓"的声响。清代植物学家吴其浚在《植物名实考》中考证北京心里美萝卜特点："冬飔撼壁，围炉永夜，煤焰烛窗，口鼻炱黑。忽闻门外有萝卜赛梨者，无论贫富髦雅，奔走购之，唯恐其越街过巷也。"他在北京为官时，晚上总要出来挑些萝卜回去。他评价心里美萝卜："琼瑶一片，嚼如冷雪，齿鸣未已，从热俱平。"

一九五八年，汪曾祺被下放到张家口沙岭子农业科研所劳动改造。在那里待的四年，对于他具有不寻常的意义。他在那里干过许多农活，起猪圈、刨冻粪、跟马车送粪。他自己说："我和农民一道干活，一起吃住，晚上被窝挨被窝睡在一铺大炕上，我贴近地观察农民，知道中国的农村农民怎么一回事。"在老家高邮县城，他家有两千多亩地，却没有真正和劳动人民接触过，深入地了解他们。长大以后，在昆明、上海、北京各地漂泊，更不可能有机会。张家口是特殊的课堂，补上了这一课。为张家口，他后来写了十多万的文字，他在作品中说："我三生有幸，当了一回'右派'，否则我这一生更平淡了。"他说过一段话："我认为生活是美的，生活中是有诗的。我愿意把它写下来，让我的读者，感到美，感到生活中的诗意。"其中《萝卜》有一节，写张家口的心里美萝卜。具有四十多年编辑生涯的张守仁，在其《我所认识的汪曾祺》中说道：

> 我发现，就是萝卜白菜，汪老也写得异常精彩。我曾编发过他的一篇散文《萝卜》。他从从容容，娓娓道来，谈及高邮家乡的杨花萝卜、萝卜丝饼如何好吃，说北京人用小萝卜片氽羊肉汤，味道如何鲜美。说天津人吃萝卜要

喝热茶，这是当地风俗。写到四川沙汀的小说《淘金记》里描述邢幺吵吵每天用牙巴骨熬白萝卜，吃得一家人脸上油光发亮。还提到爱伦堡小说里写几个艺术家吃萝卜蘸奶油，喝伏特加，别有风味。[①]

张家口的土质适合萝卜生长，心里美个头比较大。汪曾祺在沙岭子，参加过收心里美萝卜的抢收。收萝卜时辛苦，但能随便吃。他和农业工人起出一个萝卜，瞧一眼不怎么样，扔进大堆里，瞧下个如何。理想的话不用刀子，往地下一扔，"叭嚓"一声，裂成好几瓣。"行！"各自拿一块，拿起来就啃，味甜、清脆和多汁，大家赞不绝口地说："吃萝卜，讲究吃'棒打萝卜'。"

一九八三年六月廿三日，二十多年后，汪曾祺重新回到沙岭子，心情不一样。年龄不相同了，他兴奋地写下《重返沙岭子》：

> 二十三年弹指过，悠悠临水过洋河。
> 风吹杨树加拿大，雾湿葡萄波尔多。
> 白发故人还相识，谁家稚子学唱歌。
> 曾历沧桑增感慨，相期更上一层波。

诗写完，余兴未尽，又题"离开此地已二十三年矣！晤诸旧识，深以为快"。这是对生命的感叹，从心灵中发出的长吁。

[①] 张守仁著：《我所认识的汪曾祺》，引自《我们的汪曾祺》，第52页，扬州：广陵书社，2016年版。

永定河上游有桑干河和洋河两大支流,洋河古称修水、于延水,辽代称羊河,明代演变为洋河。因支流众多,水量丰沛充足,所以称为洋河。洋河发源于内蒙古兴和,流经张家口市怀安县、万全区、宣化区和张家口市南部,进入下花园区,最后注入官厅水库。官厅水库在冬春季成为各种候鸟类迁徙的落脚地。

汪曾祺在《沙岭子》中写到洋河。他说:"洋河相当宽,但是常常没有水,露出河底大块卵石。水大的时候可以齐腰。"在以沙岭子为背景的小说《羊舍一夜》中,也写到了洋河。他去那里不是旅游观光,而是劳动改造。当地民风古朴,人与人相处和善,他从中吸取了丰富的生活经验。沙岭子人民给予他的关怀,沙岭子的风土人情,对于他后来的创作、生活具有深刻影响。散文家苏北致力于研究汪曾祺,他写下一段趣事:

"买不到活鱼"现在说来已是雅谑。不过曾祺确实是将生活艺术化的少数作家之一。他的小女儿汪朝说过一件事。汪朝说,过去她的工厂的同事来,汪给人家开了门,朝里屋一声喊:"汪朝,找你的!"之后就再也不露面了。她的同事说你爸爸架子真大。汪朝警告老爷子,下次要同人家打招呼。下次她的同事又来了,汪老头不但打了招呼,还在厨房忙活了半天,结果端出一盘蜂蜜小萝卜来。萝卜削了皮,切成滚刀块,上面插了牙签。结果同事一个没吃。汪朝抱怨说,还不如削几个苹果,小萝卜也太不值钱了。老头还挺奇怪,不服气地说:"苹果有什么意思,这个多雅。" ——"这个多雅。"这就是汪曾祺对待生活的方式。①

汪曾祺熟悉各种萝卜,他在文章中谈到过白萝卜。白萝卜,宋代人叫"萝匐""土酥",这是常见的蔬菜,生熟均可吃。白萝卜具有极高的营养价值,民间有小人参的说法。中医理论认为其品味辛甘,性凉,入肺胃经,为食疗佳品。

白萝卜在我国的种植有上千年的历史,早在公元八百二十七至八三十六年间,如皋定慧寺僧侣就开始种植,将萝卜作为礼品馈赠施主。它的种子莱菔子可供药用,后来流传于民间广为播种。《诗经·邶风·谷风》中有"采葑采菲,无以下体"的诗句。葑是大头菜,菲则指我们熟知的白萝卜。秦代和汉代人们食用的主要蔬菜,汉代人称为"芦菔""罗服",有宫女"掘庭中芦菔根"的情形。

白萝卜不是高贵菜,什么人都能吃。女皇帝武则天统治时期,白萝卜的地位发生变化,竟然和皇室有牵连,身价倍增。

汪曾祺下放期间,接触过白萝卜,不是市场上卖的样子。张家口的白萝卜与别的地方不一样,个头长得大。他参加张家口地区的农业展览会,被分配负责布置工作。送展的白萝卜有"象牙白"和"露八分"。外行人不懂得"露八分"是怎么个意思,即萝卜的八分露出土面,其皮淡绿色。张家口的白萝卜好,可惜自己的家乡,不知为何没有这样的白萝卜,有的只是"粗如小儿臂而已"。

---

① 苏北著:《舌尖上汪曾祺》,引自《我们的汪曾祺》,第120页,扬州:广陵书社,2016年版。

在他的家乡萝卜要红烧,大多不素烧,或与臀尖肉一块烧。

萝卜看似普通,其实不普通,民间有"十月萝卜赛人参"说法。古往今来,许多的名人都喜欢吃萝卜。萝卜一年四季都有,是家庭必不可少的菜。

韭花逗味

写胡同文化的人不多,身在其中,不一定懂得这座城市。汪曾祺作为外乡人,却是能读懂北京的人。

进入一座城市,从它的饮食能够探寻其厚重的历史。每个菜背后都有故事,能从中寻找到历史的踪迹。回味食物的经历,咂摸时间的滋味。穿街走巷不仅能打消寂寞,还能发现很多美食。

汪曾祺生活在老北京,肯定吃过涮羊肉。其蘸料的讲究,体现了地方的风味特色。韭菜花在众多的料中,有着不可取代的地位。如果缺少韭菜花,再好吃的涮羊肉,也一定减色。北京的韭菜花做法独特,他说腌后磨碎,这样汁水多。韭菜花不是专门给涮羊肉搭配,也能当咸菜吃。他观察生活很仔细,发现熬一锅虾米皮大白菜,配上韭菜花、豆腐,或卤虾酱,就着窝头、贴饼子,各种风味齐集,在北京一般人家,算作一顿不错的饭食。他在戏圈子里,听过人们讲从前在科班里学戏,免费吃住,饭管饱吃,但没有菜。"韭菜花、青椒糊、酱油,拿开水在大木桶里一沏,这就是菜。"韭菜花便宜，拿着空碗去油盐店，花上三分钱、五分钱的，就能给舀多半铁勺子。说起韭菜花，有许多说不完的话，那可是老北京人喜爱的东西，吃卤煮、豆腐脑少不了它。小碟中，舀上一小勺韭菜花，香味四溢，涮羊肉必不可缺，滋味那叫一个鲜美。

老北京砂锅居饭庄，在繁华的西四南大街路东，清乾隆年间开业，已有两百多年的历史。砂锅居，一直半天营业，过了中午十二点，就摘下幌子停止营业。它是京城饭庄中的一怪，当时流传一句歇后语："砂锅居买卖——过午不候。"民间传说中，乾隆皇帝偶然听说砂锅居的大名，于是差人传砂锅居厨师进宫，让他做"京都一绝"的美食。乾隆吃过砂锅居的白肉之后，觉得果然名不虚传，不愧为一绝，高兴之下提笔赐字："此乃珍馐，味之一绝。"

清嘉庆年间，砂锅居成为北京的名餐馆，每天宾客不断，生意兴隆。有人目睹此情，作诗曰："缸瓦市中吃白肉，日头才出已云迟。"反映出砂锅居买卖兴盛的景象。

北京砂锅居饭庄，以烧、燎和白煮，制作全猪席远近闻名，其中的燎法代表菜为"糊肘"。猪肘子挂在铁叉子上，用火把将肉皮燎成焦煳色，起小泡，再放到温水里泡半小时。然后用清水洗净煳皮，肉皮呈金黄色，再放到清水锅里煮，熟后带皮切薄片装在盘内。菜的蘸料有腌韭菜花、酱豆腐汁、辣椒油、酱油、蒜泥。

一九四八年夏天，二十八岁的汪曾祺初到北京，失业大半年，后来谋职于位于午门的历史博物馆，住在右掖门下，在馆里住的

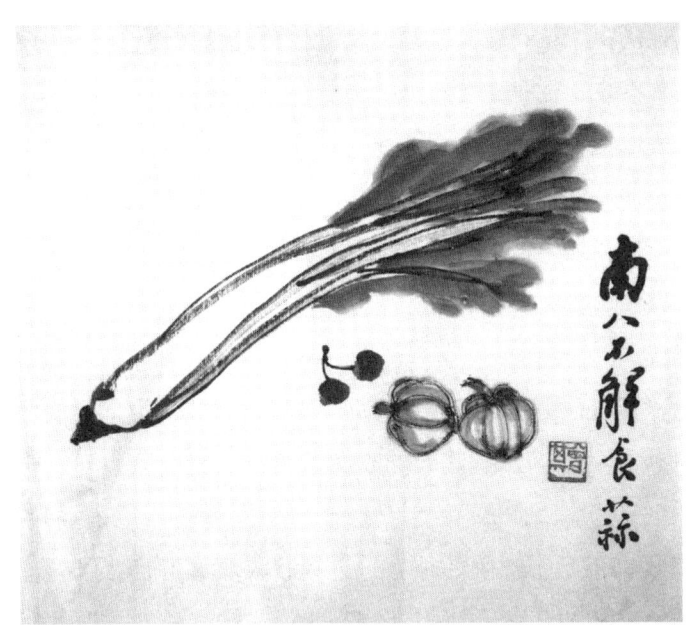

只有他一个人。为了防火,故宫范围内不许装电灯,他去旧货摊上买了一盏煤油灯,有着白瓷的罩子。深夜寂寞时,他在灯下读书,排遣内心的荒凉。这个时候,他经历了一次意外的惊喜。在西南联大上学时,他认识的地质系同学不多,大概有四个,都是一九三九年入学。其中比较熟识的是马杏垣。他对马杏垣的印象,是因为他会刻木刻。当时"联大"没有人搞木刻,学地质的学生,喜欢刻木刻,尤其稀罕。

一九四八年,我在北京午门的历史博物馆工作,有一天来了一位参观的上岁数的人,河北丰润一带的口音,他不知怎么知道我是西南联大的,问我认识不认识马杏垣,我说认识。他说他是杏垣的父亲。于是跟我滔滔不绝地谈起马杏垣，他说了些什么，我已经不记得，只记得老人家很为他这个现在美国的儿子感到骄傲。是呀，有这样的儿子，是值得骄傲。

马杏垣回国后在地质研究所工作，曾任所长，后来听说担任名誉所长。木刻，我想，大概是不刻了。

这次意外的遭遇，看到昔日同学的父亲，得到老同学的信息，真是件快乐的事情。有几天的时间，汪曾祺的心情激动，他想起在昆明的日子。

博物馆不是个热闹的地方，它具有收藏、保管、研究、展示的功能，汪曾祺每天和诸多文物打交道，守着残缺古旧的东西，日子和这些老古董似的，过得不紧不慢，倒是清闲。他白天检查仓库的存物，更新替换说明卡片，翻查资料，这都不是难做的事情，也不用费心，全凭自己的心情。下班后，他溜达到左掖门外，在筒子河边瞧算卦的摊。河边有人叉鱼，这是体力活，和钓鱼不同，坐在水边，拿杆子等鱼上钩。叉鱼要沿河边走，手中拿着鱼叉，眼睛紧盯水面，发现情况后，一叉下去，一条黑鱼叉上来了。晚上保安严格，天安门、端门、左右掖门都要关上大门上锁，汪曾祺无处可去，就在屋里看书。他住的宿舍在右掖门旁边，据说原来是锦衣卫的房子。高墙大院，夜晚只有风声，四处安静无声音。他给黄永玉写信说："我觉得全世界都是凉的，只我这里一点是热的。"他时常走出房门，独自站在午门前的石头坪场上，望着天空的星星，寂寞像水一般漫延。

汪曾祺走进古老的城市，由于初来乍到，对生活环境感到陌生。汪曾祺接触的人，大多是地道的北京人，他从他们身上感受到市民的生存状态。他没有来北京之前，读过民国初期文人笔下的古都，形成了浪漫的幻想，而现在，他正在向这幻想之地一点点地接近。

汪曾祺很早就离开家乡，独自的生活促使他创设积极的心理环境，探索与适应周围的环境。他对一切充满好奇，首先对饮食感到新奇，老北京的吆喝声，穿越大街小胡同。

韭花，又名韭菜花，它是秋天韭白上生出的白色花簇，在尚开未开时采下，磨碎后腌制成酱。

我国吃韭菜的历史，始于春秋时代。《诗经·七月》里说道："四之日其蚤，献羔祭韭。"四月初，春风使人舒畅，用小羊和韭菜祭司寒之神，可见韭菜在饮食历史中的重要地位，以及在当时的珍贵。韭花的食用则开始于汉代。汉代张衡《南都赋》中记载："春卵夏笋，秋韭冬菁。"其中的"冬菁"就是韭菜花。韭花食之能生津开胃，增强食欲，促进消化。

汪曾祺自己写字，他喜欢五代杨凝式的字，特别是《韭花帖》。字写得好，文章别有风趣，他录下全文：

昼寝乍兴，朝饥正甚，忽蒙简翰，猥赐盘飧。当一叶报秋之初，乃韭花逞味之始。助其肥，实谓珍羞。充腹之余，铭肌载切。谨修状陈谢，伏维鉴察，谨状。

杨凝式是经过五朝的元老，官至太子太保，一生狂妄自大，非常傲慢,人称杨疯子。有一年秋天,暑气渐消,杨凝式梦中醒来,已经下午。他没有吃午饭,觉得肚子里空有点饿。恰在此时,宫中送来一盘韭花,他饿得难受,韭花又香气扑鼻,色泽诱人,做得地道。他菜足饭饱来了精神,为了表达感激之情,杨凝式写下谢折,派人送往宫中。事情的前因后果不复杂,一封随意写的手札,后来竟成为传世之宝。它同王羲之的《兰亭序》、颜真卿的《祭侄季明文稿》、苏轼的《黄州寒食诗帖》、王珣的《伯远帖》,被称为天下五大行书。韭菜花成为绝世大作,这与杨凝式的疯劲有关。

读杨凝式的《韭花帖》是一种艺术享受,把平常的韭花,题写变成书法帖,从古至今为第一次,怕不会有第二次了。"此帖即以'韭花'名,且文字完整,全篇可读,读之如今人语,至为亲切。"汪曾祺谦虚地说,自己读书少,感觉读过的书中,韭花见于艺术作品中,应该头一回。

汪曾祺琢磨半天,杨凝式吃的韭菜花,是清炒的,还是腌制过的?从迹象上看,不光吃韭菜花,应该配羊肉一起吃。帖中的"助其肥?"他对这句话是打问号的。是出生五个月的小羊吗?他的解读有道理,杨凝式吃得不一定是五个月的羊羔子,其可能取自《诗·小雅·伐木》中的"既有肥?"顺手借用。人不太可能只吃韭菜花,如果韭花与羊肉同食,却是能接受的。北京人吃涮羊肉,不会缺韭菜花,他想这种吃法,五代时已经有了。杨凝式是陕西人,韭菜花蘸羊肉吃,再写韭菜花,这就对上号了。

老北京人吃东西讲究,过去有钱人自己腌韭菜花,加入沙果和京白梨,捣碎成糊状。

汪曾祺在昆明待了七年，直到一九四六年秋天才离开去上海。他在昆明生活，处境困难，却是人生中最好的时光。他喜欢各处去看，用耳朵听，了解当地风俗人情。

在老昆明人眼中，大头菜、茄子鲊、韭菜花、腌干巴菌、苤蓝丁、腌菜、甜藠头咸菜，都是生活中不能缺少的东西。韭菜花是家常小咸菜，价格不会多么贵。汪曾祺想念过去的事情，提到曲靖韭菜花。

昆明和曲靖的韭菜花不同，昆明腌韭菜花酱，加了许多的辣椒。曲靖韭菜花，据传起源于清末，迄今有一百余年的历史了。它用鲜韭菜花与苤蓝丝、辣椒混合在一起，腌制而成。

> 更难得的是，汪曾祺的饮食散文里往往又蕴含着丰富的风俗人文、历史考据，名士的情趣与文人的素养二美得兼，一时并见。若问，名士和美食家有必然联系吗？如果一概而论，并非如此；可是要说汪曾祺，那二者的联系确确实实是必然的。如果没有美食家的这层角色，汪曾祺的名士气质就失色不少；如果没有这种名士范儿呢，那汪曾祺也就只不过是个过得去的美食家而已——而"过得去"，显然不是我们对汪曾祺能够满意的期许。[①]

童年对人的影响重要，汪曾祺把平常小事和家乡比较。家乡

---

① 徐文翔著：《名士的背影——汪曾祺其人其文》，原载《文艺报》，2013年6月26日。

的韭菜花不腌吃。韭菜花在打骨朵儿、尚未开花时，连同掐得动的嫩薹一起吃。摘回来切成小段，配以瘦猪肉炒。这是时鲜菜，没有变老。在做虾饼时，爆炒的韭菜骨朵铺下面，两种食物搭配，美得无话可说。

苦瓜是瓜吗?

一只苦瓜,周围大面积空白,整个画构图,有八大山人的影子,又与苦瓜和尚石涛有牵连。孤独的苦瓜,斜伸画面左中间,它向人倾诉,讲述人生悲欢离合。汪曾祺在空白处题写:"苦瓜和尚未尝画苦瓜;冬苋菜即葵,此为古人主要蔬品,滋味香滑,北人多不识。"

汪曾祺似乎信笔涂抹,简练的风格,题词突现主题,使画的隐喻性通过文字表达出来。古人云:"画以简贵为尚,简之入微,则洗尽尘淳,独存孤迥,烟霞翠黛,敛容而退矣。"[1] 做人的品格极其重要,它影响画的风格,和做文章一样,文如其人,画如其人。

有一天晚上,汪曾祺家里吃白兰瓜。这种瓜长相好看,汁丰肉嫩,是甜瓜的一种,美国人把它叫蜜露。

---

[1] 〔清〕恽格著:《南川画跋》,第69页,杭州:西泠印社出版社,1992年版。

206　汪曾祺和他的植物

苦瓜是瓜吗？ 207

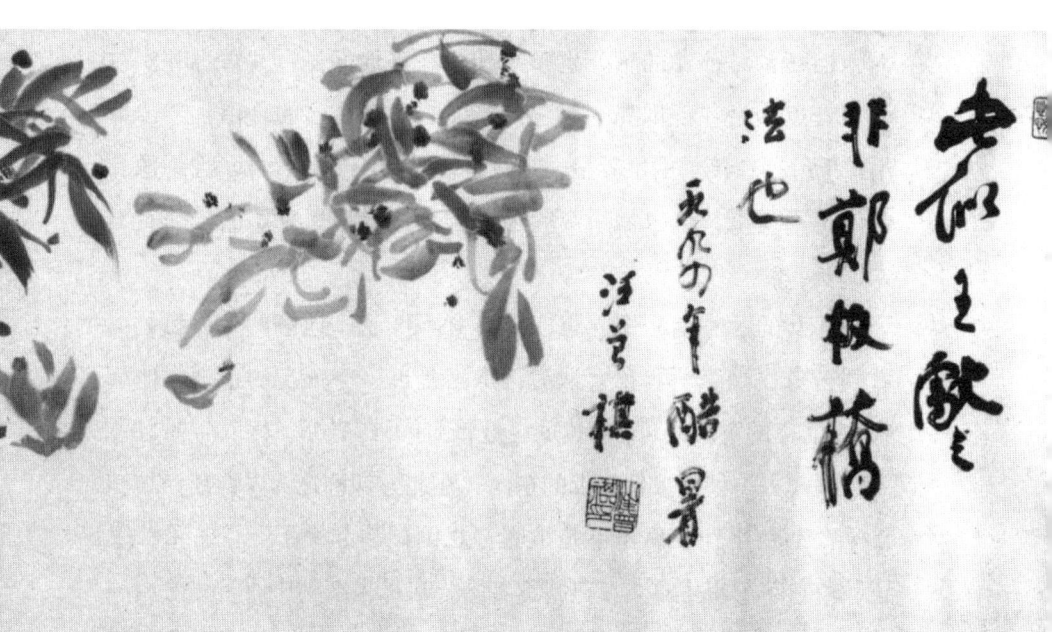

汪曾祺的小孙女不到三岁，吃瓜时说道："白兰瓜、哈密瓜、黄金瓜、华莱士瓜、西瓜，这些都是瓜。"听孙女唱童谣，汪曾祺感到惊讶、奇怪，她能把见过的东西归纳，形成瓜的概念了。这些事情大人没有教过，说明她的智力发展到了重要阶段。他夫人施松卿，对孙女的童谣也感兴趣，高兴地问她："黄瓜呢？"孙女点点头。"苦瓜呢？"她则摇头，说出自己的理由："苦瓜不像瓜。"在孩子的世界里，瓜只有好吃和不好吃，样子像不像。苦瓜是不是瓜，这也是一个问题。苦瓜长得疙里疙瘩的，确实不大像瓜。

孙女的一番话，倒弄得汪曾祺拿不准了，他翻阅《辞海》，看到苦瓜属葫芦科。孙女认为苦瓜不是瓜，有一定的道理。他翻找《辞海》的黄瓜条目，见黄瓜也是属葫芦科。苦瓜、黄瓜都有"瓜"字，"而另一种很'像'瓜的东西，在北方却称之为'西葫芦'。瓜乎？葫芦乎？苦瓜是不是瓜呢？我倒糊涂起来了"。苦瓜，属于葫芦科，一年生草本，有特殊苦味，在瓜果蔬菜中有苦味之冠。苦瓜长得不漂亮，相貌普通，淡绿色的表皮上，突起许多卵形疙瘩，如癞蛤蟆一般，俗称"癞葡萄""锦荔"。吴德铎在《苦瓜》中考证说：

> 这书指出，苦瓜（锦荔枝）是可以帮助人们度过荒年的救荒植物。《救荒草本》这书的最大特色，是不少内容来自作者的直接经验，既然朱橚已经指出苦瓜可以用来救荒，永乐、宣德年间始由郑和传来之说不攻自破。

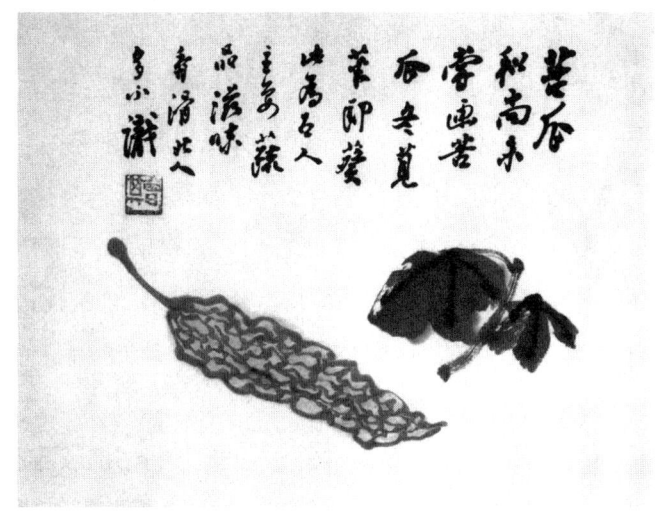

清代屈大均对苦瓜的评价极高："杂他物煮之，他物弗苦，自苦不以苦人，有君子之德焉。"苦瓜具有融合性，不管与什么菜搭配，绝不会将苦味传给别的菜。人们被苦瓜这种秉性折服，历来对它有"君子之德、君子之功"的说法。苦瓜生命力极强，从不选择生长地，只要落地便可生，同时与别的食物同炒同煮都可。苦瓜又名凉瓜，它是人们喜爱的蔬菜。苦瓜果实内含有苦瓜甙，有特殊的苦味，在瓜果蔬菜中是"苦味之冠"。它原产地是东印度，在东南亚、中国和加勒比海群岛均有广泛的种植。十七世纪传入欧洲，大多作观赏植物。明代朱橚撰写的《救荒本草》中已有苦瓜的记载。明代徐光启撰《农政全书》中也提到南方人食用苦瓜，说明当时在南方普遍栽培苦瓜。李时珍的《本草纲目》载：苦瓜具有"除邪热、解劳乏、清心明目、益气壮阳"功效。据研究发现，它具有明显的降血糖作用，对糖尿病有一定疗效。

有一天，汪曾祺的两个同乡来北京办事，顺便去拜访他。汪曾祺请他们吃饭，其中有一盘炒苦瓜。同乡不识此菜，好奇地问："这是什么？"他说这是苦瓜。一个同乡听说苦瓜，来了兴趣，说："我倒要尝尝。"他夹了一小片入口："乖乖！真苦啊！——这个东西能吃？为什么的要吃这种东西？"汪曾祺乐呵呵地说："酸甜苦辣咸，苦也是五味之一。"同乡嘴里充满苦味，连忙说道："不错！"汪曾祺告诉他们，这就是癞葡萄。另一位同乡说："'癞葡萄'，那我知道的。癞葡萄能这个吃法？"

苦瓜的名字，汪曾祺是从石涛的画上知道的。由于父亲画画，藏有不少有正书局出版的珂罗版画集，石涛的作品很多。石涛号苦瓜和尚，每餐不离苦瓜，甚至将苦瓜供奉案头朝拜。石涛以苦瓜寓意"清皮朱心"。他生于明朝末年，十五岁时明朝灭亡，父亲被唐王捉杀。国破家亡，石涛被迫逃亡广西全州，在湘山寺削发为僧。以后颠沛流离，晚年定居扬州。"苦瓜者，皮青，瓤朱红，寓意身在满清，心记朱明；瞎尊者，失明也，寓意为失去明朝。"石涛对苦瓜的感情，和其人生经历、心境密不可分。苦瓜在我国有六百多年的栽培历史，各地均有它的踪影，是生活中常见消暑清热蔬菜。

得益于童年时父亲对生活趣味的直接引导以及自身对江南民间生活的丰富涉猎，汪曾祺对于生活的趣味，可说近乎天成。他对生活充满了兴趣，充满好奇心，到处看，到处听，到处闻嗅，一颗心"永远为一种新鲜颜色，新鲜声音，新鲜气味而跳"，用感官去"吃"各种印象，发现生活中的美和诗意。①

  一开始汪曾祺听名字，不知苦瓜什么东西。一九三九年，汪曾祺在昆明求学，遇到了所谓的苦瓜，瞧半天，终于明白此物，原来就是癞葡萄。他家后园里，他大伯父每年都种几棵癞葡萄，不是当蔬菜吃，而是果子成熟以后，摘下来装在盘子里，作为赏玩的。偶尔剖开一两个，挖出籽儿来品尝，有点甜滋滋的味，并不好吃。瓜瓤鲜红，看起来不舒服，人们都不敢吃。他在西南联大有一个同学，是个诗人，他说汪曾祺说过大话，说没有他不敢吃的东西。有一天，这个诗人同学，请他去老字号的饭馆吃饭，要了三个菜："凉拌苦瓜、炒苦瓜、苦瓜汤！"三苦摆在面前挑战，汪曾祺被逼无奈，一口气全吃了。他痛快地说："从此，我就吃苦瓜了。"

  汪曾祺生活在北京，知道人们过去不吃苦瓜。菜市场偶尔卖的苦瓜，都是从南方运来的，买的人大都是南方人。后来，北京人开始吃苦瓜的了，而且很爱吃。农贸市场卖的苦瓜，不用从南方长途跋涉的运来，本地菜农有种的，苦瓜格外鲜嫩。他明白，"看来人的口味是可以改变的"。

---

① 马雨瑾著：《江南文化影响下的汪曾祺小说创作》，湖南师范大学 2015 年，硕士学位论文。

满架秋风扁豆花

汪曾祺美食家的称谓,不是夸大,而是不虚此名。常见的扁豆,经过他手中烹制,味道就不一样。他吃任何菜总要寻根探祖,找寻菜背后的文化历史。

扁豆,就是北京人所说的宽扁豆,嫩荚长椭圆形,阔而肥厚,月牙一样扁平微弯,汪曾祺想起画家郑板桥曾经写过的对联:"一庭春雨瓢儿菜,满架秋风扁豆花。"郑板桥写的就是扁豆,对子写的是寒士家的生存状况,富人不会在庭院种扁豆。扁豆花分紫花和白花两种,紫花较多,白花的少。白的叫白扁豆,或叫杨岸豆。郑板桥眼中的扁豆花,大概是紫的。紫花扁豆结的豆角,皮色略微带紫,白花扁豆与其不同,则浅绿色,味道吃起来差不多。唯入药用,则必为"白扁豆"。白扁豆营养丰富,可作滋补珍品,又能造盛暑清凉饮料,两种扁豆药性不同。

初秋时节,扁豆开花,随后结角,可随时摘食。郑板桥的"满架秋风",不是初秋,一个"满"字,说明秋已经深了。汪曾祺看过许多画家作品,大多画扁豆花的画家,愿意再画一只纺织娘,这是一个季节东西。纺织娘白天伏在瓜藤茎、叶之间,夜晚出来捕食,发出一阵阵鸣叫。《诗经》中说到的纺织娘,具有"宜尔子孙"的美誉。妇女们夜间纺织时,有纺织娘鸣唱叫相伴,是吉祥的象征。

暑天熬尽,天气越来越凉爽,月光撒落在地上,水一般的光华,使夜晚有了秋味。听纺织娘在扁豆架上,发出清亮的鸣叫。汪曾祺见过北京的红扁豆,开的花大红,豆角深紫红。红扁豆似乎没有人吃,只供观赏。他觉得扁豆的红,有些不正常,怎么都不如紫花、白花好看。

长条形扁豆荚,色泽泛青或白,其形状鼓且,称它羊角眉豆。一九九二年八月十三日,清晨时,孙犁创作出散文名篇《扁豆》。

> 北方农村,中产以下人家,多以高粱秸秆,编为篱笆,围护宅院。篱笆下则种扁豆,到秋季开花结豆,罩在篱笆顶上,别有一番风情。
>
> 扁豆分白紫两种,花色亦然,相间种植,花分两色,豆各有形,引来蜂蝶,飞鸣其间,又添景色不少。
>
> 白扁豆细而长,紫扁豆宽而厚,收获者以后者为多。
>
> 我自幼喜食扁豆,或炒或煎。煎时先把扁豆蒸一下,裹上面粉,谓之扁豆鱼。
>
> 吃饭是一种习性,年幼时好吃什么,到老年还是好吃什么。现在农贸市场,也有扁豆上市。
>
> 每逢吃扁豆,我就给家人讲下面一个故事:
>
> 一九三九年秋季,我在阜平县打游击住在神仙山顶上。

214　汪曾祺和他的植物

这座山很高很陡，全是黑色岩石，几乎没有人行路，只有牧羊人能上去。

山顶的背面，却有一户人家。他家依山而盖成，门前有一小片土地，种了烟草和扁豆。

他种的扁豆，长得肥大出奇，我过去没有见过，后来也没能见过。

扁豆耐寒，越冷越长得多。扁豆有一种膻味，用羊油炒，加红辣椒，最是好吃。我在他家吃到的，正是这样做的扁豆。

他的家，其实就是他一个人。他已经四十开外，还是独身。身材高大，皮肤的颜色，和他身边的岩石一般无二。

他也是一个游击队员。

每天天晚，我从山下归来，就坐在他的已经烧热的小炕上，吃他做的玉米面饼子和炒扁豆。

灶上还烤好了一片绿色烟叶，他在手心里揉碎了，我们俩吸烟闲话，听着外面呼啸的山风。①

扁豆是家常菜，不起眼。孙犁的叙述如若扁豆，平实自然，经得起时间的检验。经过人生的磨难，孙犁在回忆中提取的不是大难大苦，而是普通的扁豆，有一种平和、洁净的美在其中。

汪曾祺谈关于小说创作时指出："小说当然要有思想。我以为思想是小说首要的东西。但必须是作者自己的思想，不是别人

---

① 孙犁著：《扁豆》，引自《芸斋梦余》，第 122～123 页，北京：人民日报出版社，2007 年版

满架秋风扁豆花 215

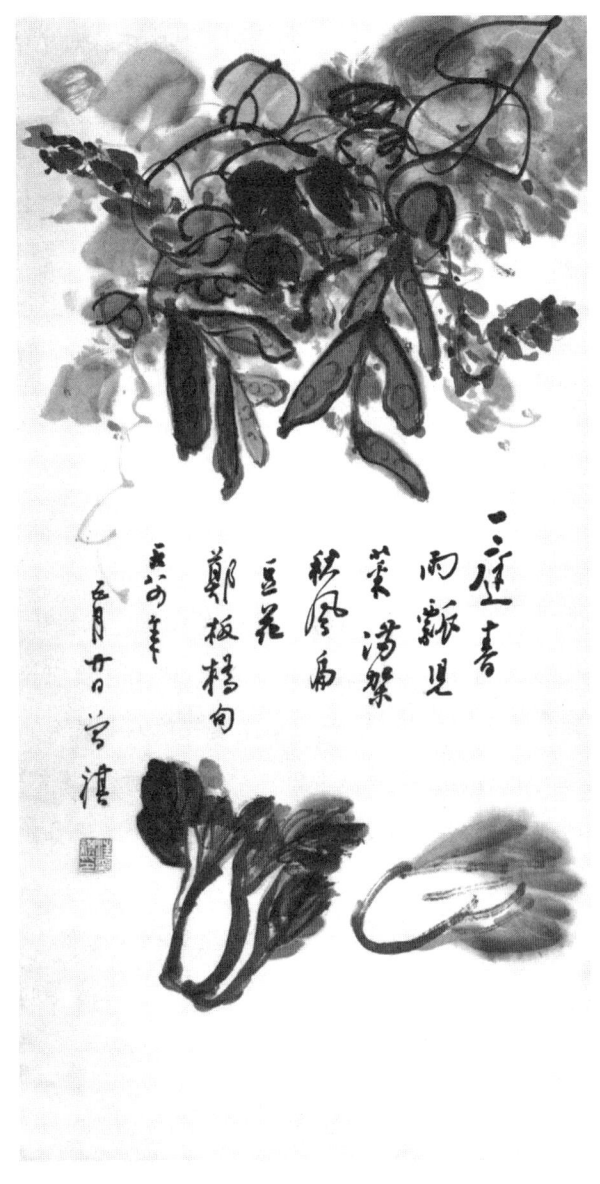

的思想。一个小说家对于生活要有自己的感受、自己的思索、自己的独特的感悟。"他注重小说的思想,其中内含对生活的感悟,具有风俗画的特征。

《讲用》叙述剧团中一个普通人的故事,让人读后感到悲凉,心中升起苦涩。郝有才这个小人物,一辈子平淡,没有什么露脸的事情,也没有多少出丑丢人的事。汪曾祺说他是个一般人,无什么特点。要说与别人有不同地方,那就是小抠,过日子仔细不说,总在心中打小九九。他觉得这个人的活法,未伤害别人,会过日子不算缺点,不知怎么回事,一些人总爱拿这个事当笑话四处传播。

他是三分队的。三分队是舞台工作队。一分队是演员队,二分队是乐队。管箱的,——大衣箱、二衣箱、旗包箱,梳头的,检场的……这都归三分队。郝有才没有坐过科,拜过师,是个"外行",什么都不会,他只会装车、卸车、搬布景、挂吊杆,干一点杂活。这些活,看看就会,没有三天力巴。三分队的都是"苦哈哈",他们的工资都比较低。不像演员里的"好角",一月能拿二百多、三百。也不像乐队里的名琴师、打鼓佬,一月也能拿一百八九。他们每月都只有几十块钱。"开支"的时候,工资袋里薄薄的一叠,数起来很省事。他们的家累也都比较重,孩子多。因此,三分队的过日子都比较俭省,郝有才是其尤甚者。

他们家的饭食很简单。不过能够吃饱。一年难得吃几次鱼,都是带鱼,熬一大盆,一家子吃一顿。他们家的孩子没有吃过虾。至于螃蟹,更不知道是什么滋味了。中午饭有什么吃什么,窝头、贴饼子、烙饼、馒头、米饭。有时也蒸几屉包子,菠菜馅的、韭菜馅的、茴香馅的,肉少菜多。这样可以变变花样,也省粮食。晚饭一般是吃面。炸酱面、麻酱面。茄子便宜的时候,茄子打卤。扁豆老了的时候,焖扁豆面,——扁豆焖熟了,把面往锅里一下,一翻个儿,得!吃面浇什么,不论,但是必须得有蒜。

汪曾祺以敬畏的心态,描写小人物的命运,将无足轻重的小人物写得令人心塞。他写扁豆老了,还有它的价值,可以做一碗焖面,让蒜的刺激性气味,掩盖一切。

一九八七年,汪曾祺应安格尔和聂华苓之邀,去美国爱荷华参加"国际写作计划"。住到五月花公寓的宿舍后,他检查了炊具是否齐全,有了这些家把什,他就可以安心地生活。

在美国,他做了好几次饭请留学生和其他国家的作家吃。他掌勺做了鱼香肉丝、炒荷兰豆、豆腐汤。平时在公寓生活,是他做菜,古华洗碗(他与古华住对门)。

在中秋节写回来的一封信中,他说请了几个作家吃饭,菜无非是茶叶蛋、拌扁豆、豆腐干、土豆片、花生米。他还弄了一瓶泸州大曲、一瓶威士忌,全喝光了。在另一封信中,他说请了台湾作家吃饭,做了卤鸡蛋、拌芹菜、白菜丸子汤、水煮牛肉,"吃得他们赞不绝口。"汪自己得意地说,"曹又方(台湾作家)抱了我一下,聂华苓说:'老中青三代女人都喜欢你。'"看看，老头得意的，看来管住了女人的嘴，也就得到了女人的心。[①]

在北京的年头久了，不仅口音会改变，南北文化的融合也使人的原有文化底蕴发生改变。汪曾祺在北京住了几十年，对于这座古老的城市人的心态了解的透彻。他说："北京人易于满足，他们对生活的物质要求不高。有窝头，就知足了。大腌萝卜，就不错。小酱还有什么说的。臭豆腐滴几滴香油，可以待姑奶奶。"由于对普通生活观察得细致，所以写起来得心应手。

汪曾祺说的北京扁豆，上海人叫四季豆。在他家乡过去没有，现在有种植的了。

---

① 苏北著：《舌尖上的汪曾祺》，原载《读者》，2013年第13期。

风味豌豆头

旧时高邮北市口，曾经是热闹地方。这条街在唐朝出现，昌盛于宋元，隋代大运河的开挖，带来了当地经济的发展，临河的御道出现，此后漫长邮路，水马驿道并行。唐代李吉甫修筑平津堰时，住在驿站的高邮候馆。宋代修筑城墙，有了城垣、城门、城门楼，南门外形成南门大街。在北门外都酒务街设迎华驿，是高邮最早的驿站。北宋至和二年（1055年），王安石来高邮，在驿馆会见当地贤士王令等人。宋代在高邮城西南设高沙馆。元代有高邮驿，地处繁华西门外，至正年间，改名秦淮驿，后又名秦邮驿。明清时期，白天人多拥挤，人口密度较大，夜晚时来往的游人不见少，夜市兴旺，繁华的景象，一直到了抗战之前。

汪曾祺熟悉这条街，在北市口卖熏烧炒货摊子上，和他的小说《异秉》中描写的王二摊子上，能买到特色小吃：炒豌豆和油炸豌豆。二十文，两枚当十铜元，就能买一小包，撒上一些盐，边走边吃。快回到家门口时，差不多吃完了。

汪曾祺小时候，一天中，几乎离不开河水。

从我家到小学要经过一条大街，一条曲曲弯弯的巷子。我放学回家喜欢东看看，西看看，看看那些店铺、手工作坊、布店、酱园、杂货店、爆仗店、烧饼店、卖石灰麻刀的铺子、染坊……我到银匠店里去看银匠在一个模子上錾出一个小罗汉，到竹器厂看师傅怎样把一根竹竿做成笆草的笆子，到车匠店看车匠用硬木车旋出各种形状的器物，看灯笼铺糊灯笼……百看不厌。有人问我是怎样成为一个作家的，我说这跟我从小喜欢东看看西看看有关。这些店铺、这些手艺人使我深受感动，使我闻嗅到一种辛劳、笃实、轻甜、微苦的生活气息。这一路的印象深深注入我的记忆，我的小说有很多篇写的便是这座封闭的、褪色的小城的人事。

初中原是一个道观，还保留着一个放生鱼池。池上有飞梁（石桥），一座原来供奉吕洞宾的小楼和一座小亭子。亭子四周长满了紫竹（竹竿深紫色）。这种竹子别处少见。学校后面有小河，河边开着野蔷薇。学校挨近东门，出东门是杀人的刑场。我每天沿着城东的护城河上学、回家，看柳树，看麦田，看河水。

他上小学的路，不走东大街，沿河边走后街。上初中一般情况下不从城里走，走东门外，顺着护城河回家。走出他家门前巷子南头，便是越塘，出了巷子北头，往东是大淖。

汪曾祺家不远处的越塘，他在小说《昙花、鹤和鬼火》中提过此地:"李小龙已经是中学生了,过了一个暑假,上初二了。初中在东门里,原是一个道士观,叫赞化宫。李小龙的家在北门外东街。……从李小龙家的巷子出来,是越塘。"《百蝶图》中:"小陈三是个卖绒花的货郎,他父亲活着就是个货郎,卖绒花。父亲死了,子承父业,他十六七岁挑起货担卖绒花。……他家住泰山庙,每天从家里出来,沿科甲巷、越塘,进东门,经过王家亭子,过奎楼,奔南市口,在焦家巷、百岁巷、熙和巷等几条大巷子都会停一停。"

许多年后,汪曾祺回忆那时卖的花生糖:去皮的大粒花生仁,炒熟以后特别的白。摊在抹油的白石板上,熬好的冰糖,均匀撒在花生米上。不能马上铲起,要等一会儿,全部冷却凝固。"这种花生糖晶亮透明,不用刀切,大片,放在玻璃匣里,要买,取出一片,现约,论价。冰糖极脆,花生很香。"卖豆腐脑的风格独特,不同于北京浇口蘑渣羊肉卤。老家的豆腐脑,倒很少的酱油和醋,"用一只一头缚着一枚制钱的筷子,油壶里一蘸,滴在碗里,真正只有一滴"。作料讲究,不能凑合,否则无回头客。"小虾米、葱花、蒜泥、榨菜末、药芹末——我们那里没有旱芹,只有水芹即药芹,我很喜欢药芹的气味。"药芹的味道,有铺天盖地的清爽。这一点就要比"北京勾芡的黏糊的羊肉卤的要好吃"。糖豌豆粥由香粳晚米和豌豆在铜锅中熬,盛入碗中,要加一勺"洋糖",味道不一样。汪曾祺离开家乡五十多年,仍然忘不掉豌豆粥。

我国古代最早的词典《尔雅》中,谓之"戎菽豆",即豌豆。东汉崔寔辑《四民月令》中有栽培豌豆的记载。豌豆,古时称为山戎。《本草纲目》记曰:"山戎,豌豆也,其苗柔弱宛宛,故得名豌豆,种出胡戎,今北土甚多。"

春天时节，一场细雨过后，大地上开满花，豌豆"百谷之中，最为先登"。民间有许多吃法，明代以前就有，"煮、炒皆佳。磨粉，面甚白细腻"。豌豆能做饭食，造曲酿酒，制作美食凉粉外，还能做制风味小吃糕点，称为豌豆糕。清初豌豆糕传入北京，地域的改变，糕点的名字，也摇身一变为豌豆黄。现在豌豆黄是北京传统小吃，农历三月初三吃豌豆黄。《故都食物百咏》中诗说：

从来食物属燕京，豌豆黄儿久著名。
红枣都嵌金屑里，十文一块买黄琼。

乾隆皇帝早膳中，曾有一道豌豆黄。此小点心在当时的宫中不吃香，只是到了慈禧太后时，招民间制作高手进宫，改良以后不加馅心，才成为清宫廷名点。

老京城胡同里，有许多季节性零食小吃，牛筋儿豌豆是其中一种。小商贩肩上挎一只柳条筐，逢阴雨天，人们在家中很少出门，胡同里响起吆喝声："筋儿豌豆，豌豆多给。"牛筋儿豌豆的制作不复杂：将干豌豆洗净，用温水浸泡一会儿，加入作料，花椒、桂皮、茴香、豆蔻、大料、食盐，下锅文火焖煮。放凉以后，嚼起来有股韧劲，清香适口。

汪曾祺在北京连阴雨天，看过卖煮豌豆的。整粒的豌豆加盐煮熟，放两个蒜瓣在上面，卖时用豆绿茶碗量。他说虎坊桥有一个"傻子"，卖煮豌豆给的量大。那一带流传"傻子的豌豆——多给"。因人而流行的歇后语，在北京别的地区未听说过。阴雨天，闲着不能干别的事情，总会想起煮豌豆，听那熟悉吆喝声。

过去时，有磕豌豆模子的：把豌豆烀成泥状，摁在木模子里磕出来。木头模子，有各种各样的动物，小狗、小猫、小兔、小猪。这是哄孩子的玩意，大多数孩子买，一边吃一边玩，娱乐中嘴甜一阵子。

新豌豆，另当别论，它是当菜吃。烩豌豆加入火腿丁，或鸡更好，不放肉，就是素烩，味道鲜美。烩豌豆不能煮得时间过久，否则汤色发灰不透亮。

汪曾祺的家乡，把豌豆的嫩头叫"豌豆头"，因为口音关系，"豌"字读成"安"。同样的东西，所处的地域不一样称呼不同，云南谓"豌豆尖"，四川叫成"豌豆颠"，做法上发生变化。汪曾祺的家乡以油盐炒食，云南、四川在汤面上做文章，但不论怎么做，吃起来都美不可言。

红嘴绿鹦哥

汪曾祺有一张照片：他穿着毛线背心，系着有图案的长围裙，站在案子前，上面摆着各种装料碗。他右手端着瓷盘，脸上带着微笑。这是他和王世襄、范用在一次家庭聚会上的情景。

家常酒菜，一个"家常"，涵盖许多东西。汪曾祺解释为，"一要有点新意，二要省钱，三要省事"。他说的有道理，家中来客人了，主人要盛情款待。下厨房做菜，先打理备好的食材，然后切葱姜入盘、调兑作料等，手下忙碌，嘴上也闲不住，还要和客人聊天。这是他待客的态度，必须"显得从容不迫，若无其事，方有意思"。若主人因为手忙脚乱，脸上表情严肃，客人察言观色，会坐立不安，酒喝也没有意思了。

拌菠菜是一道喝酒菜，是汪曾祺的拿手菜，它经济又实惠，在北京大酒缸是最便宜的下酒菜。先把菠菜在开水中焯熟，再切一寸段，浇上一勺芝麻酱、蒜汁，或要芥末，全凭自己口味。一九四八年以前，拌菠菜三分钱一碟，现在大酒缸消失不见了。

清代中晚期的北京，流行一种文体——七言四句的竹枝词，语言通俗，描述老北京风土人情。学秋氏《续都门竹枝词》中有"烦襟何处不曾降，下得茶园上酒缸"的语句。汪曾祺有一种爱好："我也很爱读各地的竹枝词，尤其爱读作者自己在题目下面或句间所加的注解。这些注解常比本文更有情致。"

大酒缸兴起在清代，盛行于民国初年。大酒缸的风格符合老北京风俗习惯，它的主要服务对象是社会底层人。在柜台外边，有几只大酒缸，每个酒缸有两个人手拉手环抱起来那样大。缸下的一小部分埋在土里，缸面上有一块木盖，上面摆上粗瓷碟子。缸盖为桌，来喝酒的人坐在缸边上的方凳上。家常小菜随叫随上，不论"应时"和"常有"，冷食为主，典型的快餐文化，合乎大众口味。卖酒特色，卖时称个，而不称两，因为用酒提子——从酒缸中提出一个，酒倒入粗瓷碗中，然后递给酒客。

大酒缸，是汪曾祺常去的地方，因此对那里很有感情，拌菠菜是他常点的小菜——就着喝酒，其乐无穷。

拌菠菜，做出来好吃，让人赞赏，难上加难。

汪曾祺的拌菠菜比较讲究，粗菜细做。先把它洗净除掉根，焯至八成熟。捞出以后，拿凉水过一下，加入少许盐，剁成菜泥，挤去菜中汤汁，在盘中堆成宝塔状。切一些香干，为小粒块，泡好虾米。再切姜末、青蒜末为配料。调好作料——酱油、香醋、小磨香油，还有味精在小碗中兑调。菠菜上桌，当着客人的面将调料自塔顶淋下，有视觉冲击，调出胃口。酒杯中倒满酒，吃时筷子推倒菠菜宝塔，把作料拌匀。汪曾祺向几个人推荐这道菜："拌这样做的拌菠菜比北京用芝麻酱拌的要好吃得多。这道菜已经在北京的几位作家中推广，凡试做者，无不成功。"

拌菠菜不是汪曾祺所创，这是他学习家乡拌枸杞头、拌荠菜的办法得来的，只能称之为移栽法。菠菜是两千多年前波斯人种的菜蔬，也叫"波斯草"，古代阿拉伯人称为"蔬菜之王"。唐代贞观二十一年（641年），尼泊尔国王那拉提波把菠菜作为一件礼物，派使臣送到长安，献给唐皇，从这时开始，在我国出现栽培菠菜。当时说菠菜产地为西域菠薐国，这也是它又称为"菠薐菜"的缘由。

汪曾祺和菠菜一直有牵连，他不仅会做这道菜，还在不同地点、不同时期、与不同人吃过不一样风味的菠菜。

抗战胜利以后，大学复员。汪曾祺在北大红楼寄住过半年，和一些学人接触多，他们的经济条件比抗战时强，不必在吃喝上费心。谭家菜，又叫榜眼菜，是北京菜中官府菜的代表，出现于清末民国初年。谭家菜就在不远处，他没有听说教授去谭家菜预定过菜，大吃顿鱼翅席。北大附近松公府夹道拐角处，有一家四川馆子，李一氓吃过，说这家菜做得地道，甚至比成都做得好。汪曾祺他们去解馋。他的嘴不是一般菜能糊弄得了的，他觉得鱼香肉丝、炒回锅肉、豆瓣鱼做得可以，泡菜味道不错，而且免费。掌柜的个子不高，是矮胖子，他的儿子也上灶。后来不知因为什么事，父子俩闹翻了。四川馆以外，附近只有两家小饭铺，其中有卖勏面炒饼的，有一种平常菜，名字有些怪，叫"炒和菜戴帽"，俗谓"炒和菜盖被窝"，端上来一看，简直是个大玩笑，就是菠菜炒粉条，上面盖一层薄鸡蛋。

菠菜炒粉条贯以"炒和菜盖被窝"，让人细回味，然后永远不会忘记。尽管这不是珍贵菜，但是大众菜在特殊的环境下，被名人吃，就有了特别的意义。山药蛋派代表人物赵树理，常吃这道菜，汪曾祺写过回忆文章：

> 他吃得很随便。家眷未到之前，他每天出去"打游击"。他总是吃最小的饭馆。霞公府（他在霞公府市文联宿舍住了几年）附近有几家小饭馆，树理同志是常客。这种小饭馆只有几个菜。最贵的菜是小碗坛子肉，最便宜的菜是"炒和菜盖被窝"——菠菜炒粉条，上面盖一层薄薄的摊鸡蛋。树理同志常吃的菜便是炒和菜盖被窝。他工作得很晚，每天十点多钟要出去吃夜宵。和霞公府相平行的一个胡同里有一溜卖夜宵的摊子。树理同志往长板凳上一坐，要一碗

馄饨，两个烧饼夹猪头肉，喝二两酒，自得其乐。

　　喝了酒，不即回宿舍，坐在传达室，用两个指头当鼓箭，在一张三屉桌子打鼓。他打的是上党梆子的鼓。上党梆子的锣经和京剧不一样，很特别。如果有外人来，看到一个长长脸的中年人，在那里如醉如痴地打鼓，绝不会想到这就是作家赵树理。

　　北京人爱吃大菠菜，菠菜长成小树一样，令人不解。菠菜看似简单，做好吃不容易，炒菠菜时，尽量少动铲子。不断翻炒，菠菜会发黑有涩味。

　　汪曾祺女儿汪朝说："其实他更感兴趣的，是美食后面的风俗习惯、地理人文等文化现象，这和他的文学追求有间接的关系。"普通菠菜经过他笔，一下子变得地位不同，有色、有味、有形，让人读后，感觉出吃的欲望。

豆中之王

黄豆素有"植物肉""绿色乳牛"的美誉,营养价值丰富。黄豆不含胆固醇,黄豆一粒粒,圆鼓鼓的,招人喜欢。汪曾祺对于黄豆有自己的看法,它不仅能做豆腐,还能做各种豆制品。

如果没有豆腐,中国人民的生活将会缺一大块,和尚、尼姑、素菜馆的大师傅就通通"没戏"了。素菜除了冬菇、口蘑、金针、木耳、冬笋、竹笋,主要是靠豆腐、豆制品。素这个,素那个,只是豆制品变出的花样而已。

汪曾祺说得有道理,黄豆给贫困年代的生活增添了丰富的色彩。没有它,过去的生活似乎缺少点什么。它不是炫耀的资本,而是代表生存的苦难。豆叶在古时当菜吃,想必做羹。后来无人吃了,听说过凉拌豆叶、炒豆叶、豆叶汤,现在未出现这类菜品。

汪曾祺的老家到了夏天,每家都要吃炒毛豆,里面加入青辣椒。中秋节煮供月的毛豆,要带壳一起煮。江浙一带的中秋节,供芋艿之外,还要煮些毛豆。当地毛豆称毛豆荚,"荚"字与"佳"字谐音,人们吃毛豆希望吉祥如意,万事顺心。毛豆是嫩黄豆角,连皮一块煮熟,色泽金黄,喻指金秋。传说兔子喜食黄豆,这专为月中玉兔准备。汪曾祺的父亲会做不带壳的毛豆,剥出豆粒与不切的小青椒同煮,要加入酱油和糖,豆子煮熟收汤,放筛子里摊晾,半干的时候,豆皮起皱纹,放进小坛。这种小吃下酒绝佳,每做一次,可以吃多天。

一九五八年,汪曾祺一家搬到宣武门西侧国会街五号。当时城墙没有拆除,与他居住的院子隔一条小马路,路南是老城墙。

明代时,这里养过大象,所以称象房街,清代改称顺城街。宣统二年(1910年),为咨议机关——资政院,辛亥革命后,改为国会议场。圆楼、红楼一些建筑至今尚存,是新华通讯社办公地点。由于国会在此,顺城街改称国会街。这里原来是条土路,经过风雨的洗礼,曾经辉煌过城墙,破旧萧条,裸露黄土,有风的天气,尘土弥漫,浑黄蔽日,行人睁不开眼睛。

汪曾祺被划为"右派",去接受劳动改造。原单位的房子被收回,他家不能享受单位福利,在此居住下去。在没有办法的情况下,他家搬到了妻子单位新华通讯社职工宿舍。国会街五号是四合院,不大的院子,北面一幢砖木结构的二层小楼,东西两边和南屋是平房。他家搬来时,房子都有住户,全家临时安在七八平方米的门房。房子里面,一天不论什么时间,黑乎乎的见不到阳光,白天必须点灯。空间窄小,摆不了什么东西,只能放下大床,一个五斗橱。晚上睡觉时，床边接块木板，全家挤在一起睡觉。后来搬过两次家，住到了小楼上，两间十平方米左右套间，和下面门房相比较，生活方便多了。

汪曾祺从沙岭子回到北京，没有几天工夫，就熟悉了周围的地理环境，尤其是最近的小酒铺，闭着眼睛都能找到地方。他经常许愿给女儿买好吃的，拉着她一同去酒铺。汪明以童年的眼光观察这底层酒馆，了解人与事，对这里的情景熟悉，后来她写过这段生活，是真实的记录。

酒馆里汪曾祺没有任何伪饰，不带遮挡面具。北京小酒馆里的盐水煮毛豆，有整枝的煮，吃时自己摘豆荚，一边喝酒，一边摘，吃起来有情趣，味道格外香。

香椿是树上蔬菜，嫩芽时最好吃。香椿豆特好吃，嫩头开水中烫一下，沥干水分，切碎之后，盐和毛豆同煮，熟豆与香椿拌匀，冷却后，装入玻璃瓶中，第二天可食。

北京人吃炸酱面讲究排场，有十几种配菜码，黄瓜丝、小萝卜、青蒜和豆芽，还得有毛豆或青豆。肉丁炸酱与青豆一起，风味独特。

三十年前，北京稻香村卖的熏青豆，做喝茶时的小点心最好。这种豆徒有其名，不一定熏，加点茴香而已，放入一点盐，煮后晾成的。熏青豆的皮微皱，不软不硬适中。不知为什么，小吃后来消失了，汪曾祺琢磨着或许因为利薄，熏青豆太便宜了。

汪曾祺在江阴待过，那里出粉盐豆。他弄不清楚，黄豆发得那么大，约有半寸长，盐炒的豆不缩，皮色有些发白，非常的酥松，一嚼立刻成细粉,所以叫粉盐豆。这种美食,比花生米好吃。汪曾祺觉得"吃粉盐豆,喝白花酒,很相配"。可惜那时不会喝酒,只能喝白开水。星期天,一个人在外地,坐在自修室里,一边喝水,不时地吃个粉盐豆,读李清照和辛弃疾的词,度过很多时间,别有一番滋味。他在江阴南菁中学读过两年,星期天这样消磨过去。

南菁中学的前身,是光绪八年(1882年)创办的"南菁书院",清末时期,它是江苏全省最高学府和教育中心。

南菁中学的学生来自各地,高邮籍的很少。学校的数理化、英语教学质量在全省出名,对于文史不重视,这一点不对汪曾祺的口味。他的数学不怎么好,勉强凑合过去。他上初三的时候,顾调笙是教他几何的老师,看他美术不错,想培养他成为建筑师,给他开小灶,花费精力辅导他的几何,效果甚微。顾调笙最后对他失去了兴趣,不无感慨地说:"阁下的几何乃桐城派几何。"一九三七年夏天,抗战爆发,他已经读到高二,暑假回家后不久,江阴即告沦陷,南菁中学回不去了。

汪曾祺在南菁上学的日子里,正是青春期,他敏感多愁,情绪波动很大。一个少年在外乡求学,以及学校的"重理轻文"氛围,使得他被孤独感所缠绕。

三年困难时期时,十七级干部有点特殊待遇,每月多发几斤黄豆,一斤白糖,他称为"糖豆干部"。他利用有限的食材,采取煮笋豆的方法,买不到笋干,凑合着放些口蘑。这是他在坝上采晒干带回北京家中的。他做的口蘑豆,除了自家吃之外,还送给朋友。

汪曾祺怀念稻香村、桂香村、全素斋几家卖的笋豆。黄豆和笋干切碎，加入酱油和糖同煮。这种小吃，多年不大见了，挺遗憾的。